杨澜 编著

杨澜訪談錄
YANG LAN ONE ON ONE

东方看奥运（II）

新星出版社 NEW STAR PRESS

图书在版编目（CIP）数据

杨澜访谈录·东方看奥运. 2／杨澜编著.—北京：新星出版社，2008.9
ISBN 978-7-80225-516-6

Ⅰ.杨… Ⅱ.杨… Ⅲ.①奥运会－名人－访谈录－世界
②夏季奥运会－概况－2008 Ⅳ.K815.47 G811.211

中国版本图书馆CIP数据核字（2008）第145510号

本书图片提供：东方IC

杨澜访谈录·东方看奥运（Ⅱ）

杨澜 编著

责任编辑：于　少
责任印制：韦　舰
装帧设计：郑　岩

出版发行：新星出版社
出 版 人：谢　刚
社　　址：北京市东城区金宝街67号隆基大厦　100005
网　　址：www.newstarpress.com
电　　话：010-65270477
传　　真：010-65270449
法律顾问：北京建元律师事务所

读者服务：010-65267400　service@newstarpress.com
邮购地址：北京市东城区金宝街67号隆基大厦　100005

印　　刷：北京中科印刷有限公司
开　　本：700×1000　1/16
印　　张：13.75
字　　数：200千字
版　　次：2008年10月第一版　2008年10月第一次印刷
书　　号：ISBN 978-7-80225-516-6
定　　价：28.00元

目录

有关奥运的个人记忆

与奥运结缘纯属偶然。

那是1993年的春天,我当时在中央电视台做节目主持人。有一天接到通知去主持一场为国际奥委会评估团举办的晚会,中英文都由我一个人来担当。我很认真地研究节目,不外京剧、杂技、武术之类国粹。中文好办,串词是现成的,但是直接翻译成英语是不行的。一是缺少背景介绍,老外恐不明就里,而且中文串词多慷慨激昂的对仗,翻成英语就显空洞,甚至莫名其妙。于是我决定英文干脆与中文脱离,另写一份,到时中英文穿插着说也不显重复。

当晚演出一切顺利。演出后,我正在后台卸妆,导演跑来说奥申委的几位领导要见我,其中就有何振梁先生。他一见面就热情地握住我的手表示祝贺:"评估团的官员都在说,这个中国女孩的英语怎么这么漂亮!你给咱们北京争了光!"我也不知该说什么好,大概谦虚了一番。

不久就接二连三地主持一系列申奥活动,如萨马兰奇主席参加的奥林匹克知识竞赛等等,直至七月份接到通知作为申奥代表团成员赴蒙特卡洛。我的任务很明确:一旦申奥成功,中国就要在当地举办答谢酒会,由我主持。虽然我在大学本科学的是英文专业,又主持了三年多以各国风情为主要内容的《正大综艺》，但其实在这之前我从未去过西方国家，又是如此的大事，所以既兴奋也紧张。晚上睡不着觉，来回琢磨说什么话才显热情喜悦又不失大国风范，还专门定做了中、西式礼服各一套备用。出国的专机上，同我一样兴奋的团员们按捺不住心中的激动，流传着"某气功大师测过了，这回主办权肯定是咱的了！"

对另外一种可能性，我没有思想准备。

到了蒙特卡洛没几天，我的心中就有了不一样的预感。翻开每天的当地报纸，对北京的评价以负面为多。在整体政治气氛下，北京市官员的话被断章取义，一句"申奥不成，没脸去亚特兰大"就变成了第二天的大标语"北京如果申奥不成，将抵制亚特兰大奥运会"。从哪儿说起呢？干着急，有劲儿使不上。同时，我自己的心情也很复杂。我们的沟通能力与公关水平相比其他城市显得薄弱；代表团成员中懂外语的不多，成天与自己人凑在一起。倒是合唱团的十二个女孩子在奥委会委员必经的走廊上唱《奥林匹克颂》，恳切又有点单薄。而悉尼的志愿者已经把大街小巷的餐馆酒吧插满了他们的旗帜。中国的一些官员也缺乏应对国际媒体的经验，在记者招待会上遇到尖锐的问题时，竟然以"咱们会后再交换意见"作答。

气功大师的预测也没有那么准。

宣布结果的那天晚上，合唱团的女孩们抱在一起哭了，天真的她们认为失败的原因是她们还唱得不够好。转播结束后，我和中央电视台的同事们从体育馆走回饭店，一路上大家都不说话。雨后的马路上到处都是水洼，路灯拖出我们长长的影子。回到房间，我把挂在衣橱里的礼服叠了起来，压进了箱

2001年申奥成功之后的合影

子。那两件礼服，我从此再也没穿过。回国的飞机上我哭了，不是因为输不起，而是因为何老特意走到我身边，说："杨澜，真对不起，让你白跑一趟。"都这个时候了，老人还想着我们，让我感动。透过舷窗俯视，美丽的蒙特卡洛阳光灿烂，白帆游弋，让中国人的失落如过眼云烟。我心里想："我们一定会再回来的。"怎么回来，我其实并不知道。

　　申奥的经历促使我做出人生的一个决定：辞去工作，出国留学。我感到自己就像一只井底之蛙，对外面的世界了解得那么少，对国际事务的认识那么幼稚，甚至，自己的英语那么不够用！

申奥成功的那一刻

　　我要永远感谢2001年春节前接到的那个电话。我当时刚生了女儿两个多月，正在家里手忙脚乱呢，电话铃响了。是奥组委的赵卫，他自我介绍后就直接问："我们想聘请你做北京申奥形象大使，并且参加文化计划的陈述小组，你愿意吗？""当然！"我没有丝毫犹豫，甚至没有感到意外，好像自己早就知道会接到这个电话。我只问，需要我什么时候到位？那天晚上，抱着怀里的孩子，我对她轻声说："宝贝，看来妈妈要提前给你断奶了。对不起！妈妈要做一件很重要的事，一件没有完成的事。"直到今天，女儿还会很骄傲地说："妈妈，这么说我也为北京奥运会作过贡献是吗？"当然，宝贝！

　　2001年7月13日，当我站在国际奥委会委员面前，准备就北京申奥的文化计划进行陈述时，我一点都不紧张，甚至不去想最后的结果。邓亚萍事先对我说："想赢就不紧张，怕输才紧张。"而我的心得是："把自己忘掉，紧张从何而来呢？"那一刻，我就是一名信使，把信传达到是我的使命。每一个字，每一个词，那些凝聚了多少人心血的精简了再精简，推敲了再推敲的字字句句，都要打到听众的心里去。那天现场的光线从观众席后射向讲台，我看不清人们的面孔，但我又似乎能看见他们。该笑的地方，他们笑了，该惊喜的地方，他们在深呼吸。结尾处我说："七百年前，当马可·波罗即将去世时，

主持2008年北京残奥会圣火采集仪式

人们再一次问他：'你所说的那些关于东方中国的事，到底是不是真的？'马可回答说：'我告诉你们的不及我看到的一半！'来北京吧，用你们自己的眼睛发现中国。"这些话打动了他们，我深信不疑。

　　也许这样说有点事后诸葛亮，但我还是认为，1993年申奥失利未见得不是好事。只差两票，挺"冤"的，也不"冤"。就像任何一场体育比赛，有本事就别差那0.01秒。输，就要认。有些事必须水到渠成，瓜即使强扭下来，也是不甜的。中国人当年有点心急，急着出头，急着证明给人看，是可以理解的。这二十几年，如果心不急，也发展不了这么快。但高楼大厦起得容易，改变理念、提升管理能力和民众的文明素质就没那么容易。改革开放之初，中国人全体眼巴巴地盼着运动员拿一块金牌为国争光，因为那时咱们觉得处处不如人，需要金牌长志气。结果，运动员们不堪重负，奥运金牌也改变了味道。朱建华在汉城一失利，上海家里的玻璃就被砸了；李宁从鞍马上摔下来，下飞机时就要老老实实走在最后一个。走在第一位的高敏吓得脊梁发冷，得到的鲜花越多，越怕承担不了日后的失败，不惜装病也要闹着退役。这让她出征巴塞罗那奥运会时经历了炼狱般的精神考验。那时的中国人，输不起啊。

　　而今天，我们可以接受因伤退赛的刘翔，能够为郎平指导的美国队喝彩。尊重一个人的选择，而不是把集体的意志强加于人，这就是中国的进步。人有了底气，眼光就会放远些，心胸就会宽阔些。就像你在家里请朋友吃饭，人家问你为什么，你是说"因为想秀一秀家里的新装修"，还是说"因为想让大

主持奥运歌曲评选启动仪式

家好好高兴高兴"？有了这种心态的成熟，目标也就更单纯些，即使听到风言风语，也要把它们当作是一个民族在成长中必然经历的烦恼，用一种更加包容的心态去面对。

从两次申奥至今，我有幸参与了诸多奥运活动：奥运金牌的发布、倒计时一周年、倒计时一百天、火炬接力、残奥圣火采集、奥运歌曲的评选，等等。

有外国记者问我："你并不为国家机构工作，甚至也不从事体育，为什么投入这么多时间做与奥运相关的事？"我告诉他们说："主办奥运不仅是政府的意愿，更是中国民众的意愿。中国与世界的融合，世界对中国的认识，从此都将大不相同。以往对彼此刻板的印象将被一张生动的面庞取代。生逢其时，与之同行，是多么幸运的事。"当我告诉国际媒体，北京奥运需要十万志愿者，却有二百万人报名；北京的公共场所已禁止吸烟；公共厕所全面整改，低排放绿色交通工具在奥运会期间使用，日后将在十个超大型城市中普及推广，大幅降低废气污染……他们都睁大眼睛说："我们怎么不知道？"有些固有观念的确会遮蔽视野，那是有选择的盲点，连当事人也不一定意识到。西方人往往不了解，从"东亚病夫"的称呼到刘长春只身赴洛杉矶奥运会，从改革开放之初的中国女排夺冠到许海峰的第一枚奥运金牌，这一切对于中华民族挣脱屈辱，争取复兴的历史意义。而很多中国人往往把奥运当作盛典而非"派对"，显得庄重有余而轻松不足。对于西方人而言，派对就要热闹，甚至有点乱，各种人都来露露脸，闹点动静。东西方的观念沟通，还需要时间。但奥运让我们看到了这距离正在缩短。在主持奥运会开闭幕式前暖场演出的时候，我们带领全场观众用双手做出白鸽飞翔的姿势，又在主火炬熄灭时打开手电显示每个人心中不灭的火焰，我强烈地感受到一种强大的气场。对和平与美好的祝愿不正是我们共同的语言吗？

　　在奥运年,《杨澜访谈录》改变以往的周播形态,制作50集系列采访,在东方卫视以日播形式播出。我走访了国内外50位奥运人物,有为现代奥林匹克运动开山铺路的优秀组织者,有奥运史上伟大的运动员和教练员,也有本届奥运会上的风云人物。奥运不仅是万众瞩目的宏大叙事,也是冷暖自知的个人体验。

　　参与奥运,不必非要有一个崇高的理由,但它确有一种能量把人带向更高处。

　　对于都灵冬奥会男子单人花样滑冰冠军普鲁申科来说,滑冰是母亲为了让瘦弱的儿子变得强壮。11岁那年,家乡的滑冰场关闭了。普鲁申科只身来到圣彼得堡投靠教练。为了负担儿子的费用,父母不得不打几份工,母亲一度在马路上干铺沥青的重体力活。形单影只的普鲁申科不仅饱一顿饿一顿,而且屡屡遭受同队大男孩的欺负。好几次他在火车站目送母亲离去,不由自主地跟着火车奔跑,呼喊着妈妈把他一起带走。但他终于坚持了下来,滑冰是他唯一能够出人头地的机会。今天的普鲁申科已经把该得的奖杯都拿了,是什么让他在都灵退役之后又宣布了参加2010年的冬奥会?"我要创造历史,因为还没有人能连续两次拿到这个单项的奥运金牌。如果去做职业滑冰选手,我可以赚更多的钱,但是,不,我的目标是

担任2008年北京奥运会开幕式前演出主持人

成为伟大的运动员。"

　　成为伟大的运动员，也是23岁的美国游泳运动员迈克尔·菲尔普斯的追求。他毫不讳言速度对他的诱惑，也不掩饰对胜利的渴望。打破1972年在慕尼黑由马克·史皮茨创造的一届奥运会独得7枚金牌的纪录，恰恰是这一不可能的任务让他激情四射。年轻就该好胜。他所向披靡地摘下400米个人混合泳、4×100米自由泳接力、200米自由泳、200米蝶泳、4×200米自由泳接力、200米个人混合泳、100米蝶泳、4×100米混合泳接力8枚金牌，并在水立方中创下了七项世界纪录！这位连圣诞节都不曾停止训练，把竞争对手的照片贴在床头的年轻人，大声告诉世界：追求卓越就要不遗余力。当他兴高采烈地奔向看台上的母亲和姐姐，一次次拥抱她们的时候，他又完全像个大男孩，希望得到妈妈的赞扬与宠爱。在接受我的采访时，他说自己只要离开水面，就会笨手笨脚地弄伤自己，今天跌断了手腕，明天崴了脚踝。但只要一跃入池，他就像鱼儿回到水中，自由自在，舒展畅快。水是他的世界。我们只有揉揉眼睛，相信这一切绝非梦幻，并为能够亲眼目睹伟大的菲尔普斯追风破浪、创造历史而深感荣幸。他代表的不仅是美国队，他代表的是我们人类。

　　时间是多么无情，在它面前，四年一届的奥运会相隔实在过于漫长；时间又是多么有情，它让精彩成为经典，瞬间成为永恒。当巴德·格林斯潘陪同杰西·欧文斯重返柏林，这

主持2008年奥运会倒计时一周年纪念活动

位黑人运动员 1936 年打败希特勒种族优越论的奔跑声依然震耳欲聋。一位普通的德国人对他说:"当年希特勒不肯与你握手,现在请允许我握一握你的手吧。"在那一刻,格林斯潘决定用他一生的时间来记录奥运会上一个个人性闪耀的时刻。"我采用的是海明威式的讲述方式。简单的叙事,人,命运,不屈的精神。"正是他,在 1968 年墨西哥城奥运会上把摄影机对准了马拉松赛的最后一名选手,来自坦桑尼亚的约翰·斯蒂芬·阿赫瓦里。这是一位来自非洲的一个小村庄,习惯了赤脚跑着上学的年轻人,代表刚刚独立不久的祖国来到奥运会。主办城市的高海拔让他难以适应,跑到一半的时候就扭伤了大腿。一个又一个选手超过了他,救护车就在一边,招呼他上去。他拒绝了。天黑了,体育馆内颁奖仪式已经结束,看台上已有不少观众离去了。就在这时,阿赫瓦里一瘸一拐地跑了进来,在冲过终点时颓然倒地。记者问他为何明知是最后一名还要坚持跑完。他用虚弱的声音说:"我的祖国把我送到 7000 英里之外,不是让我开始比赛而是为了完成比赛。"2007 年我的节目组通过坦桑尼亚驻华使馆找到了已近七旬的阿赫瓦里。他居住的村庄至今没有通电,离他最近的一部电话和电视也有两公里的路程。作为老年人和学生的业余教练,他没有太多的收入,但他很骄傲,因为他没有给自己的祖国丢脸,并且成功地把五个孩子抚养成人。如今,他仍然坚持每天跑步,这已是一种生活方式。

阿赫瓦里让我们明白

担任 2008 年北京奥运会闭幕式前演出主持人

了什么是"虽败犹荣"。而埃蒙斯夫妇告诉我们的是,对待比赛的结果,我们也不必太过认真。

2008年8月19日,当得知来自美国和捷克的埃蒙斯夫妇将接受采访时,我已梳理好故事的脉络:男主角马修四年前在雅典奥运会三姿步枪的比赛中以大比分领先,眼看金牌就要到手,却在最后一射时鬼使神差地打错了靶,把冠军拱手相让于中国的贾占波;但祸兮福兮,他结识了前来安慰他的捷克女射手卡特琳娜,并喜结连理。这次夫妻双双赴会,已获一金两银的佳绩,就差马修的一块金牌了。同样是在步枪的三姿比赛中,同样是在一路领先的情况下,马修在最后一枪竟然失误只得到4.4环,重演雅典悲剧。这次得到金牌的是另一位中国选手——邱健。这真是命运的捉弄!我提醒自己,说话时一定要小心,尽量不要让夫妇俩感觉太糟。但是,出现在我面前的他们竟然如此快乐、甜蜜、满足,充满幽默感,真是大大出乎意料。"这是上帝的一个玩笑吧,一定会有一个理由。"他们自我调侃着这不可思议的一幕。天哪,如果说上次的理由是让他遇到她,这次还能是什么?"也许如果他这次得到冠军,就可能会放弃射击了,但现在你猜怎么样,他还会继续努力,为2012年奥运会奋斗。"妻子拉着丈夫的手说。他们认为比金牌更能说明问题的是运动员长期的表现,以及在赛场上对输赢表现出来的风度与品格。对于他们来说,在比赛结束后向获胜的运动员真诚祝贺是再自然不过的事了。

同样笑着与赛场挥别的还有中国乒乓球运动员王楠。在获得女子团体金牌之后,她以一枚单打银牌正式退役。她的脸上没有遗憾,只有灿烂的笑容。她说:"四年前,当有人提出让我参加2008年奥运会时,我的第一反应是:那时我就30岁了,这怎么可能?"经历过悉尼奥运会的辉煌和釜山亚运会的惨败,她需要的不是用多一枚的金牌证明自己的能力,而是完成对生命的一次超越。2006年,被诊断出甲状腺肿

瘤的王楠度过了艰难的时刻。新婚不久的
丈夫每日守护，给了她强大的情感支撑。
"有一次他跟我妈急了，因为她说早知道
楠楠这样，你们再晚点领证好了。"今天
的王楠不愿渲染当初的病情，但对这一段
患难真情却毫不掩饰内心的激动。她同样
不会忘记，在她比赛失意的时候，由爱人
送到赛场的一万零一朵玫瑰。这寓意"万
里挑一"的甜蜜让她知足、幸福，虽然她
嘴上也会故作责怪地说："全国十几亿人，
怎么只是万里挑一呢？！"难道要让人

担任 2008 年北京奥运会火炬手

家种玫瑰不成！北京奥运会女乒单打决赛
结束时，王楠第一个跑向看台上的丈夫，享受老公的一句："你打得很
精彩，太棒了！"此时的王楠还复何求？她怎么能不笑呢？

　　运动，几乎是人类与生俱来的天性。Game，是竞赛，也是游戏。
纽约黑人聚居区的孩子们因为希望有朝一日像迈克尔·乔丹一样打篮球
而对毒品说"不"；饱受战争摧残的塞黑青年可以在废墟间的空场上踢
一场足球，暂时忘记苦难与悲伤；受宗教保守势力束缚的中东女性，
正在鼓励她们的女儿们穿上运动服参加运动。奥林匹克，是一种伟大
的力量，让人们在人性的原点上彼此接近。当牙买加运动员博尔特获
得 200 米金牌并再次突破世界纪录时，鸟巢中九万多观众齐声高唱"生
日快乐"，第二天，他就宣布为四川灾区的孩子们捐款五万美金。怪
不得，奥运开闭幕式总导演张艺谋由衷地感叹说："无论一个导演怎样
伟大，都不可能导演出这样具有震撼力的戏剧。运动员才是奥运会真
正的主角，在他们面前，一切创意都显得微不足道。"

　　汶川大地震与奥运发生在同一年，使 2008 年更加不同寻常。自然

的威力让人敬畏，生命的损失让人痛苦，活着的人相互扶助守望，让中华之精神在瓦砾中获得新生。当经历风风雨雨的奥运圣火穿越废墟，在生存者的手中，在英雄的手中，在孩子的手中，在祖祖辈辈以此为家的人们的手中传递的时候，我们再一次热泪盈眶。少了炫耀浮躁之心，有一种更深沉的情感托起奥运的火焰：回到文明的起点，感受生命的尊严与顽强，人性的美好与高贵。我们在奔跑，因为我们还活着；我们还会继续奔跑，因为没有对未来失去希望。血液在身体里加速流动，四肢舒展开来，神经变得兴奋，奔跑带来的快感如此单纯而直接。当人们手手相传、心心相连的时候，我们同时拥有了一种大于个体自身的力量，这正是人类精神不断自我超越的写照。

在这个冲突、饥荒、环境危机不绝于耳，误解、偏见与仇恨分割着人群的时代，有什么力量让我们作为人类聚合在一起？人道的力量。有哪种人道的力量让人充满身心的喜悦，发于本性，彼此相通？运动的力量。有哪个运动会吸引了世界上最多的国家运动员，代表了人类最高的竞技水平？奥林匹克运动会。

与奥运结缘，绝非偶然！

泳池里的顽童

迈克尔·菲尔普斯 Michael Phelps

01

迈克尔·菲尔普斯 Michael Phelps

美国游泳运动员

出生于 1985 年 6 月 30 日

身高 1 米 87

体重 79 公斤

在 2008 年北京奥运会上，菲尔普斯获得了男子 400 米个人混合泳冠军、男子 4×100 米自由泳接力冠军、男子 200 米自由泳冠军、男子 200 米蝶泳冠军、男子 4×200 米自由泳接力冠军、男子 100 米蝶泳冠军、200 米混合泳冠军、男子 4×100 米混合泳接力冠军，创造了奥运史上的奇迹。

迈克尔·菲尔普斯，在他拿到本届奥运会的第八块金牌后，没有人会不知道他的名字。他用不断刷新的世界纪录挑战着人类的身体极限，他也用八枚金牌的神奇纪录冲击着人们想象力的极限。但是对了解他的人来说，不管他有多神奇，他有多伟大，他还是像个孩子，他只是因为喜欢游泳而游泳，为了单纯的胜利而拼命努力。而可能正是他这种玩乐的态度，让他把自己的梦想变成了现实，即便那个梦想对所有人来说都是不可能完成的任务。

杨澜　你是否有着很好的心态，所以你想睡时就一定能睡着，就算是在奥运会期间也如此？

菲尔普斯　我在哪里都能睡着，我在这把椅子上也一样能睡着——我在任何地方都能入睡。

杨澜　这对比赛选手来说是个巨大的优势。

菲尔普斯　我热爱睡觉，睡觉是我的最爱之一。

杨澜　由于转播问题，比赛被定在了上午，有很多运动员对此颇有怨言，你也会有类似的抱怨吗？

菲尔普斯　我对此毫无怨言，毕竟这是奥运会，能有机会参加奥运，为你的国家而游泳，为你的祖国而参赛，把预选赛和决赛时间安排在什么时候对我来说都无所谓。我什么时候都可以游泳，如果要我早上十点起来参加奥运金牌的角逐，我也没有问题。我会准时起床，很自豪地穿上带有国旗图案的服装尽自己的全力去比赛，为国争光。

杨澜 但是我听说以前你总是睡不醒，为了让你准点去上学，你妈妈必须叫你四五次才能把你叫醒。

菲尔普斯 早上妈妈会叫我起床，她已经在楼下准备好开车送我去上课了——我自己也会开——叫到第三遍、第四遍时，她会说："迈克尔，我上楼来叫你了，别跟我说你还没有起床啊！"但是我还在床上呢！我现在已经改了一些，做了大量的练习来为在早上举行的决赛做准备。

对菲尔普斯的母亲来说，叫他起床不算最难的事，她最头疼的是这个孩子小时候曾经患有多动症。而这个天才之所以会学习游泳，居然是母亲为了治疗他的多动症想出的对策。

杨澜 我听说你学习游泳的初衷之一是因为你患有多动症，所以你妈妈想通过游泳来释放你过剩的精力。

菲尔普斯 的确是这样。当我在体育场上或游泳池里，我会很觉得非常放松、无拘无束，通过释放自己的力量去获得快乐。最终我摆脱了多动症，我现在没事了。我觉得是要不是小时候学游泳，我可能不会变得更强壮，学习游泳可能是注定的吧。我记得小时候经常去看医生，经常吃药，终于有一天我不再需要这些了，我摆脱了药，我现在非常健康。

杨澜 是什么让你意识到你就是为游泳而生的，或者为自己设立了成为职业游泳选手的目标？这是什么时候的事？

菲尔普斯 我小时候一直在想这件事……可能是在……我觉得是在 2001 年，当我创造了我的第一个世界纪录时吧。

杨澜　　有那么晚吗？

菲尔普斯　在那一刻我觉得可能会发生一些很特别的事情，之前我已经参加过奥运会了，但是在那以后我才觉得有些不同了。

虽然参加雅典奥运会时菲尔普斯只有 19 岁，但是那并不是他第一次参加奥运会。2000 年在悉尼，年仅 15 岁的菲尔普斯作为近 70 年来最年轻的美国奥运选手在看家项目 200 米蝶泳比赛中小试牛刀，获得第五，只是这个成绩他似乎不太满意。

杨澜　　你第一次参加奥运会是在 2000 年的悉尼，那时才 15 岁，不过你还是拿到了第五名的成绩。第一次的奥运经历感觉如何？

菲尔普斯　那是我第一次随国家队出战，是我所经历的最大的比赛，也是第一个国际性比赛——我才 15 岁而已。游泳馆里有 18000 名澳大利亚人在尖叫，整个泳池都好像在震动，在轰隆作响。我其实并没有真正准备好参赛，但那也是一种经历，从中我对自己有了更多的了解。当我只拿到第五名时我非常失望，但是六个月后我便打破了我的第一个世界纪录，因为我有那个实力，我准备好了。

2001 年在 200 米蝶泳比赛中打破了 1 分 54 秒 58 的世界纪录之后，菲尔普斯便开始在世界泳坛掠金夺银的惊人之旅。2003 年 6 月 29 日，菲尔普斯在加州举行的游泳比赛中再度创造 200 米个人混合泳的世界纪录，一个月之后，在巴塞罗那举行的世界锦标赛上，他再一次刷新了自己保持的 200 米个人混合泳的世界纪录。41 天的比赛中，他共创造了七项世界纪录，而那时他才刚刚年满 18 岁。在世界所有顶尖的男子游泳选手中，菲尔普斯还只算得上是个孩子，但这位天才少年已经开始自己的第二次奥运会之旅了。

杨澜　　　当你选择参加哪项奥运比赛放弃哪项时——比如在雅典奥运会上——你可以避开和索普在自由泳上的交锋，去选择其他你更有把握的项目，你为什么没有这么做呢？如果你不坚持要跟索普在自由泳上一决高下的话，你可能还能多获一块奖牌。

菲尔普斯　我最喜欢做的事情之一是跟世界最优秀的人一起比赛。在 200 米自由泳项目上，几乎最好的选手、游得最快的选手都参加了，我想跟他们竞赛，我从来没有和他们在自由泳这个项目中比赛过，我很希望能有这个机会。

杨澜　　　这就是超越金牌的东西吗？

菲尔普斯　我只是想和最好的选手进行比赛。

菲尔普斯渴望金牌，渴望打破史皮茨的 7 枚金牌的纪录，但他真正渴望的是和世界上最优秀的选手进行一场出色完美的比赛。他曾经把在 100 米蝶泳比赛战胜过自己的克罗克的照片挂在卧室床头，天天提醒自己有这样一个对手的存在，老对手索普 2006 年的退役也曾让菲尔普斯失望了好久。

杨澜　　　你有多么喜欢比赛？

菲尔普斯　这是我最喜欢的事情。我热衷于比赛，这可能是我最好的品质之一。我做什么事都特别要强。

杨澜　　随着索普的退役，谁是你最大的对手？

菲尔普斯　你不能说是某个特定的人。全世界有这么多人跟我从事同样的游泳项目，我在泳池里和这么多人竞争，我在和全世界最优秀的选手比赛，这是我最喜欢的，它让我更为强壮，游得更快，游出世界上最好的成绩。

杨澜　　你的床头和储物柜里还有他们的画报吗？

菲尔普斯　没有了。

杨澜　　没有了吗？你不需要看他们来鼓舞你的斗志吗？

菲尔普斯　我的确需要有人给我指引奋斗方向，我会特别标注出来，放在一个我能天天看见的地方。几年前索普觉得不可能在一次比赛上拿到七枚金牌，菲尔普斯做不到，这些话都被我特别标注出来，然后贴在我的储物柜里。

杨澜　　太可怕了。

菲尔普斯　无论什么时候打开我的储物柜，我都可以看见那些话。

的确，如今的菲尔普斯已经不是当年那个会把战胜自己的对手的照片贴在床头的孩子了，他非常清楚，要取得胜利，光有自信心是不够的，自己必须比对手付出加倍的努力。他很喜欢教练鲍曼的一句名言："如果你休息一天，实力就会倒退两天。"

杨澜　　你训练刻苦是人所皆知的，刻苦到一年365天不间断，甚至在圣诞节也是如此。这对一个十几岁的少年来说有多辛苦？

菲尔普斯　成长是要付出代价的。

杨澜　　你有没有反抗？

菲尔普斯 没有。

杨澜 没有想过"为什么要剥夺我的自由时间"？

菲尔普斯 有时候我会这么想，但有时我也会觉得自己很幸运能有这样的机会，能有机会参加奥运会，能打破世界纪录，没有多少人能获得这样的机会。我能在很小的时候就发现自己这种天赋，然后去施展这种才华。在过去我的确放弃了很多，做出了很多的牺牲，但对我来说这不算什么，我牺牲的东西我也可以找回来。等五年后我的游泳生涯结束后我想做什么就可以去做，我现在只想追求我的游泳事业。

杨澜 你如何从这种紧张的训练中找到乐趣呢？

菲尔普斯 我对乐趣的观点是：除了游泳外我可以随心所欲去做我喜欢做的事。

杨澜 玩游戏。

菲尔普斯 玩游戏，或者是躺在沙发上，或者是看电视，或者任何事情，反正就完全是自己的时间，想做什么都可以，去哪里都可以，我都可以很开心。

由于菲尔普斯超人的成绩，一些人开始研究他到底为什么会游得异于常人的快。有人分析过菲尔普斯的身体条件，得出来这样的结论：他身体特征上最大的优势是长长的腰肢和较短的双腿，这样的四肢躯干比例是游泳运动员的"魔鬼身材"；再加上他的肌肉类型松弛而有力，这就既保障了游得舒展自如，又保证了加速的爆发力量。

杨澜 人们喜欢分析你的身体条件，比如你的胳膊、腿、脚、手，你的水感等等……你自己觉得为什么你能这么优秀呢？

菲尔普斯 我猜是因为我有游泳的天赋吧。上天给了我这种能力，给了我意志力，我觉得我从父母那里遗传了很多特性。还有就是我的个性，我是个很勤

奋的人，我很执着，我讨厌失败，为了达到目标我会竭尽全力，正是所有这些加在一起成就了今天的我，有了我的这些成功。

杨澜 在激烈的比赛中成败往往就在一瞬间。跟我们描述一下在这种激烈的比赛中你的个人感受吧。你会左右环顾吗？会感觉现场气氛一触即发吗？

菲尔普斯 当我站在出发台后时我谁也不看，不会左右环顾，我只会看着前方的泳道，我的精力都集中在那里，其他的我什么都不考虑，我一直是这样的。当我站在出发台后我已经准备好比赛了，期待去完成我的目标，就这样。

杨澜　　你也不说话？

菲尔普斯　是的，我不会说话，我让我的成绩来说话。

杨澜　　为了积蓄力量。

菲尔普斯　是的。

杨澜　　对于个人混合泳，你有机会查看你的左右以及记分牌吗？

菲尔普斯　我在进行仰泳时总喜欢看记分牌，我也不知道为什么，一种习惯吧。我总是这样，当我进行自由泳换气时，我会尽量去看一下比赛的进展，然后知道自己接下来该怎么做。

可以说，菲尔普斯强烈的求胜意识和对泳池的极度痴迷是很多游泳名将都无法战胜他的本质原因，因此他还得到了一个"水生动物"的绰号。他在自传《非表面》里甚至直言自己厌恶乏味、重复的用双腿奔走，烦透了马不停蹄的商业活动，只有在水里才会享受被滋润和被轻抚的感觉。

杨澜　　离开泳池你会觉得有点笨拙吗？

菲尔普斯　是的，离开泳池我非常笨拙，如果我能住在泳池里，那会是最安全的事情，那会最好不过了。

杨澜　　在泳池外你会对自己造成什么样的伤害呢？

菲尔普斯　年初时我伤了手腕，我总是不停地摔倒，我就是一条离开水的鱼，我最好回到水里。在水里我可以游泳、训练，甚至是睡觉。

由于年少成名，这个大孩子也开始渐渐明白，成功也会带来很多麻烦。

2004 年雅典奥运会几周后，这个奥运会 6 枚金牌的获得者证明了那时他还没有长大。他因醉酒闯红灯被拘留，而按照他生活的马里兰州的法律规定，19 岁的菲尔普斯还没有达到能喝酒的年龄。

杨澜　随着成功而来的还有荣誉、粉丝、小报新闻等，你是否觉得很难应付游泳之外的一些事情？

菲尔普斯　我觉得这是我的梦想——能做我想做的事情。在泳池里我会很开心，觉得很放松。有时候我会掐自己的胳膊，我想确定这都是真的，我不是在做梦，这能让我快乐，我热爱游泳。

杨澜　就算是当你因为酒后驾车而被罚时也如此吗？

菲尔普斯　那是我犯下的一个错，它对我的人生有很大改变，这也是一次人生教训吧。我现在有了很大进步。从那以后，当我跟朋友们在一起时，因为他们也可能会错误，我阻止了他们中一些人犯同样的错误。如果我能帮他们一把，阻止别人犯类似的错误，我觉得这就算是成功，因为我帮助了他们。

杨澜　这也是一种成长经历吧，让你从少年成长为大人。

菲尔普斯　从 18、19 岁的少年到 22 岁的大人，我已经独立生活，有了自己的房子，自己做饭，生活完全不一样了，生活里的点点滴滴都对我都不无裨益。

这个 19 岁的年轻人学会了正视自己错误。在母亲和教练的帮助下，菲尔普斯重新回到常规性的生活中，重新回到水中，事情开始往好的方向转变。2005 年，菲尔普斯持续良好发挥，在蒙特利尔世锦赛上扫走五枚金牌。而他在 2007 年墨尔本世锦赛上所创造的 7 块金牌的辉煌战绩，使得这名 22 岁的游泳天才在北京奥运会开赛前就成为最受瞩目的运动员，他也早早地就在为北京奥运会做着准备。

杨澜 我听说你开始学习汉语，不是学着好玩儿吧？

菲尔普斯 我在尝试着学，但是很难学，真的非常难学。我正在学习一个课程，不过还在学习入门阶段的课程，所以只能……

杨澜 现在能说什么了？

菲尔普斯 "女人"、"男人"……我学的都是很基础的。

杨澜 男人和女人……

菲尔普斯 还有"水"、Coffee（咖啡）、Tea（茶）……都是些很基础的东西，非常非常基础的，我正在努力学习，希望能用来问问路。

我眼中的奥林匹克

巴德·格林斯潘　Bud Greenspan

巴德·格林斯潘　Bud Greenspan

著名体育电影制片人

国际奥委会官方电影制作人

出生于 1926 年 9 月 15 日

1964 年巴德·格林斯潘拍摄了《杰西·欧文斯重返柏林》，1968 年 10 月 20 日墨西哥城奥运会上记录下坦桑尼亚选手阿赫瓦里带伤坚持跑完马拉松的感人场面。自 1984 年洛杉矶奥运会起，格林斯潘包揽了 1996 亚特兰大夏季运会、2000 悉尼夏季奥运会、2004 雅典夏季奥运会、1988 卡尔加里冬季奥运会、1994 利特哈默尔冬季奥运会、1998 长野冬季奥运会、2002 盐湖城冬季奥运会和 2004 年的雅典夏季奥运会的官方电影制作。

1952 年，一个 26 岁的年轻人带着他对电影的梦想，进入了赫尔辛基奥林匹克赛场，他的名字，格林斯潘，从此和奥林匹克纪录片紧紧联系在了一起。1984 年洛杉矶奥运会，格林斯潘正式开始制作奥运官方纪录片，从那时起直到 2004 年的雅典夏季奥运会。除了 1992 年巴塞罗那奥运会官方纪录片是由西班牙本土导演拍摄之外，格林斯潘几乎包揽了其间 20 年所有奥运官方影片的制作，记录了奥林匹克历史上无数的精彩瞬间，可以说他是奥运半个世纪的见证者。

杨澜　　首先我很想知道，奥运会什么地方最吸引你，能让你为之工作了近半个世纪？

格林斯潘　全世界有 40 亿人，我们中有多少人能有机会流芳百世呢？我有责任说服年轻的人们每四年参加一次这个竞赛，他们会永远流传的。甚至到我百年之后，为北京所作的事也会永远被人记住。一切都会消逝，但这些运动战绩会流传下来。如果你也需要有永存的东西，你就会尝试去做。

杨澜　　那么当你制作奥林匹克官方电影的时候，你认为自己也是这样做的吗？

格林斯潘　就像别人跟我讲述的一样，我觉得他们特别善良，我无法做到他们那样好，正如杰西·欧文斯曾经说的那样，"毕生的训练，只为那十秒钟的比赛"，他们制定目标，坚持训练，而所有这些都是为了在未来几年的十秒比赛。

杰西·欧文斯，非洲裔美国田径名将，奥林匹克运动复兴的百年历史中最伟大的运动员之一，他在 1936 年纳粹阴影笼罩的柏林奥运会上夺得四枚金牌，狠狠地挫败了希特勒想借奥运会证明雅利安人种优越性的企图。十五年后，杰西·欧文斯得到一次回到当年的赛场看看的机会，而正是他重返柏林的故事开启了格林斯潘进入纪录片事业的大门。

杨澜 你是从《杰西·欧文斯重返柏林》开始创作的吗？

格林斯潘 是的，当时我在读报纸，是 1951 的《纽约时报》，说杰西·欧文斯要重返柏林奥运会的赛场，这是他 1936 年在柏林获得伟大胜利的 15 年后了，我觉得这太神奇了，这个人 15 年后又复出了，所以我就约了他、他的夫人及我的夫人，我们去了空荡荡的体育场。当时看到的体育场是空荡荡的，但是当各个报纸发现杰西·欧文斯回来后，第二天就有成千上万的人涌进来。

杨澜 当时他觉得怎么样？

格林斯潘 他很兴奋，感触也很深，因为他记得希特勒拒绝和他握手的那些日子，有个人举起手说："杰西·欧文斯，15 年前希特勒拒绝与你握手，我要弥补一下那天，我要握一下你的双手。"之后这个人抓住了欧文斯的双手，与欧文斯拥抱，杰西·欧文斯说："真是令人惊异！"没有人在场，只有我，这样我们记录了杰西·欧文斯绕场一圈的情景，把它录制成了短片，杰西·欧文斯一下子名声大振。

作为格林斯潘的第一部作品，杰西·欧文斯和德国运动员卢兹·朗的友谊是片子的重点。当年跳远比赛中欧文斯的头号对手，德国人卢兹·朗在比赛时给了欧文斯建议，帮助预赛几乎落选的欧文斯夺得了跳远金牌。比赛结束后，最先向他祝贺的也是卢兹·朗，而且还是当着希特勒的面。这次奥运会后，欧文斯没有机会再见到卢兹·朗，他在第二次世界大战时阵亡了，但欧文斯在格林斯潘的影片中表达了他对卢兹·朗的感激和怀念。从格林斯潘的这第一部作品开始，他最关注的就是这种单纯而充满关怀的人类之爱，正是这种永不磨灭的运动员精神，才是吸引格林斯潘拍摄奥林匹克纪录片的最大原因。

杨澜 之前的奥运电影主要关注比赛、胜利、金银奖牌等等，而你开始关注选手本身和他们身上的精神，这是一个煞费苦心的选择吧？

格林斯潘 我开始提出这个问题的时候，觉得很难理解前人的做法，换句话说，有人得了第五名，当他赛后绕着跑道跑的时候，其他人会问，你在跑什么？你什么也没得到！但他会说，为什么说什么也没得到呢？上次我拿第八名，这次我到了第五名啊，我赢了。这样就有了一个讲述人不断进步的故事。我感到奇怪，为什么前人不像我们这样做，这很简单，故事就摆在你的面前。

杨澜 但是你从何开始呢？你面前有成千上万名选手，他们说不同的语言，有着不一样的面庞，更有不一样的故事，你是从哪里着手呢？会感觉无从下手吗？

格林斯潘 一开始要做很多调查研究工作，举个例子说吧，洛杉矶奥运会的五千米比赛，本来冠军应该属于大卫·莫克劳，他是英国的冠军，几天前他在参加一项比赛的时候，把大腿肌肉拉伤了，他当时是最优秀的选手，比赛快开始的时候，有人问他你在做什么，大卫，你有伤啊，他回答说我只有这一次机会，说不定奇迹会发生。比赛开始了，第一圈他一直落后，第二圈他越来越落后，这时我拿起麦克风，对周围的摄像师说，把镜头对准大卫，有人问，为什么对准大卫啊，他跑在最后。我告诉他们就这样做，那些镜头特别美，大卫独自一人蹒跚地跑着，没人想到世界冠军也会这样跑步，我们把这个奥林匹克故事制作成了电影，题为《跑到最后的人》，一下子就轰动了，人人都爱上了这部电影。

格林斯潘从这些伟大的运动员的故事中发掘出坚持、拼搏、友爱的精神，这也是奥林匹克运动推崇的精神。除了关注运动员在赛场上的故事，格林斯潘的电影也经常把视角转向运动员的家庭。那些动人的亲情故事，曾让很多人泪流满面。

杨澜　　跟我们讲一些有关家庭的故事吧，很多家庭去观看比赛，因为他们心爱的儿子或女儿在参加世界上最高级别的比赛，你也经常将镜头转向他们，来拍摄他们的感受吗？

格林斯潘　我们有个故事，关于一个叫比尔·哈文斯的运动员，是 1924 年巴黎奥运会赛艇比赛夺冠热门人物，在美国代表团启程前往巴黎的前几周，他得知他的妻子要生产了，他陷入了两难的境地，这是他最后一次参加奥运会，他可以去参加奥运会赢得金牌，从而证明他的实力，但最后他做了个重大的决定，放弃了去奥运会的机会，留在妻子的身旁，等待儿子的出生。他的这个决定二十八年后得到了回报，1952 年比尔·哈文斯收到来自赫尔辛基的一封电报：亲爱的爸爸，谢谢你 1924 年的时候守候在旁边等我出生，我带着你应该在巴黎赢得的金牌回来了。父亲与儿子，很自然就是一个故事，如果这都没有注意到，那可真是傻子了，我一直以来得到了很多赞誉，有一些是有名副其实的，所有人面前都有很多的故事，你会想他们怎么就没注意到呢，谢天谢地他们没注意到，我可不想有人跟我竞争。

说到找故事，的确没有人可以和格林斯潘竞争。二十年连续的奥运会官方纪录片拍摄经历，让他的电影有很好传承性，他可以拍摄运动员个人，甚至家族几代人的奥运故事。格林斯潘的优秀作品也为他形成了良好的声誉，运动员们都以能够成为格林斯潘的电影主角为荣。即使如此，每次拍摄前，运动员调查对格林斯潘来说都是最重要的工作。

格林斯潘 没有充分的调查你是无法拍出好的电影的，比如我刚才给你讲的事，故事摆在那儿，但要么是我自己去发现，要么是我的员工去发现，很重要的一点是人们向我们讲述他们身边的故事，来自各地的人们常常会对我们说，我给你说个故事吧。

格林斯潘是从 1984 年的洛杉矶奥运会开始拍摄奥运官方纪录片的，第一次如此大规模的拍摄，资金问题曾经一度让格林斯潘拙于应付，但他对奥运电影的热爱，让他坚持了下来，而且一拍就是二十多年。

杨澜 第一次制作应该不容易吧，你要雇佣 18 名员工制作一百万英尺的电影，一定花了大量的资金吧？

格林斯潘 确实花了很多钱，到现在还在偿还，记录片不是为了盈利而是为了艺术而制作的，因为运动的主题性和它的浪漫气息，我们得到了广泛的认可，因为有很多与奥运联系在一起的浪漫故事。

杨澜　最艰苦的是什么时候？

格林斯潘　最艰苦的时期是 1984 年奥运会前两周，我们用光了所有的钱，我们的一个朋友米尔·达肯，一个好莱坞有名的制片人，他问我，你需要多少钱，我说我还需要上千美元，他说没问题，我觉得这真是缘于天助，确切的说，是来自奥林匹亚。

1984 年洛杉矶奥运会，也是新中国第一次组团参加奥运会，格林斯潘和中国的缘分就开始于这届奥运会。由于美国和其他 59 个国家曾于 1980 年抵制莫斯科奥运会，前苏联、前民主德国等十几个国家和地区先后以各种借口宣布不参加本届奥运会，奥运会再次蒙上了政治阴影。在那次残缺的奥运会上，中国代表团的参加显得格外重要，似乎是为了表示欢迎，格林斯潘在纪录片中用了较大的篇幅来介绍中国。

杨澜　在你 1984 年的洛杉矶奥运电影中，有一个较长的段落献给了中国代表团的入场式，你为什么会这么做呢？

格林斯潘　那次的奥运会与今天的大为不同，奥运会上我们既需要东欧国家，也需要并不赞同奥运会的国家来参加开幕式，当宣布中华人民共和国入场时，现场观众沸腾了并致以中国代表团最热烈的掌声，我觉得是中国代表团拯救了那次奥运会。

从洛杉矶奥运会开始，格林斯潘一直关注着中国，2001 年 7 月 13 日当

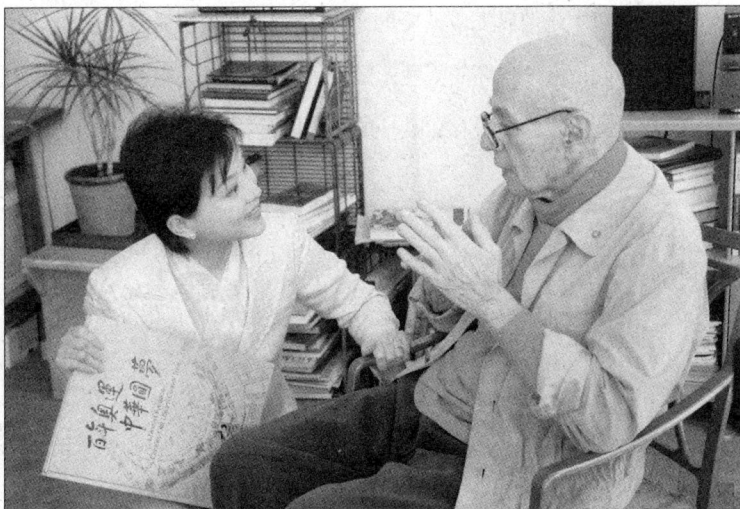

北京获得2008年奥运会举办权的时候，北京申奥宣传片的第一章节就是由格林斯潘亲手执导的。2008年，年事已高的格林斯潘退出了官方纪录片拍摄权的竞争。中国人自己得到了这次拍摄机会。热心的格林斯潘担纲了本片的顾问，他表示自己很乐意为北京2008年奥运宣传影片的拍摄出谋划策，参与任何他能贡献力量的部分。对于崇尚奥林匹克精神的格林斯潘来说，随着奥运会越来越商业化，他最担心的是运动员们正在渐渐丧失对体育最原始的热情。

格林斯潘　二、三十年代的奥运会，运动员赢得比赛不是仅仅为了自己，更是为了家人、为了国家，以至为了全世界，这一点在如今的奥运会的理念中渐渐流失，运动员不再为了荣誉而是为了金钱而战，奥运会要改变的是把那些人找回来，那些为了快乐为了荣誉而战的人们，而不是赢了比赛拿到百万美金的人，那不是比赛。有个奥运会运动员说过，世界纪录可以打破，但是没有人能把奥运奖牌夺走，忽然间他让我明白，这块小小的奖牌才是世界上最重要的东西，并一直吸引着我的关注，也正如你前面所说，未被破坏的人性才是最重要的，你的成功所赢得的金钱是其次的，奥运会要得以长存，唯一的途径就是找回以前奥运会的伟大精神。

这种对奥运精神的追求，让格林斯潘的电影始终散发着人性的光辉。2007 年 11 月 1 日，国际奥委会主席罗格亲自授予他"体育与推广奥林匹克精神"的奖杯，认为其一直致力于用艺术表达他所观察到的体育运动的发展，用故事记录奥运会上运动员们的胜利与喜悦、失败与悲伤，为全世界人民喜欢体育、喜欢奥林匹克运动作出了不可或缺的努力和贡献。更重要的是，他改变了人们看体育和体育人的角度，体育不仅是项目比赛，也是一个人的成长故事中的重要环节，可以从中发现人性的美好。

格林斯潘　有人问我是如何让我自己的电影与众不同，我说有个品牌，就叫做格林斯潘。

杨澜　为什么不呢？这么说一点儿没错，谈到你电影的风格……

格林斯潘　是海明威风格的电影。

杨澜　从什么角度来说是海明威风格的？

格林斯潘　短小的片断，旁白很有限，我是一个很简单的电影制作人，我不需要口哨声不需要哄堂大笑，今天的电影制作人，打开电视到处都是哄堂大笑，人们会问，为什么格林斯潘避开这个？我没有故意避开任何事情，只是我的电影理念自始至终都没有变。你不必是个体育迷，你不必是个奥运迷，只是对于人们所表现出的勇气着迷，我们的要求并不苛刻，只是关注参加比赛的运动员们能表现出的足够的勇气。

穿着高跟鞋的美丽翻转

斯韦特兰娜·霍尔金娜　Svetlana Khorkina

03

斯韦特兰娜·霍尔金娜　Svetlana Khorkina

俄罗斯体操运动员

出生于 1979 年 1 月 19 日

身高 1 米 64

体重 47 公斤

在 1996 年亚特兰大奥运会上获得女子体操高低杠金牌和团体银牌，2000
年悉尼奥运会上蝉联女子体操高低杠金牌，并获得团体比赛和自由体操项
目的银牌。

2004 年，雅典，25 岁的霍尔金娜第三次率领俄罗斯队出征奥运。在个人全能全部项目的比赛中，她优美典雅的艺术魅力征服了全场观众。遗憾的是，裁判没有给她打出最高分。身材轻巧的美国运动员帕特森以高难度的动作获得冠军。誓言以一块奥运全能金牌为体育生涯华丽谢幕的霍尔金娜最终事与愿违，在接受媒体采访时她毫不客气地宣称，裁判明显压低了她的分数，是裁判抢走了她的金牌。

杨澜	你觉得自己在竞赛的时候，更像一个运动员还是更像一名艺术家？
霍尔金娜	我自己感觉我是一个有创造能力的人。专家们、内行们来到体育场，是想看一看是否有一个比较特殊的动作，但是很多普通观众来到体育场——他们不了解专业细节——是来看表演的，他们把比赛看作是一出戏剧。所以虽然裁判员们一般都非常严肃，都愿意把我的分数压到很低，但我是希望让他们看一看，一个在进行艺术表演，一个走得很漂亮、在高低杠上跳得很不同寻常的人，让他们可以见证一种新的历史。
杨澜	在竞技体操领域，一个女运动员 18 岁就被认为已经到达运动巅峰，之后就要开始走下坡路了，当你 25 岁参加奥运会时，面对着众多比你小的其他的女孩子，你的心态跟她们有什么不同，那个时候会感到有一种威胁吗？
霍尔金娜	她们，我看她们就像看小雏鸟一样，她们是非常没有经验的，这是我的

一个优势，我当时比她们经验丰富多了。

杨澜　但是带着这么高的期许，又带着这么深的遗憾离开雅典奥运会，对于你来说，是一种不完美吗？

霍尔金娜　当然，我去雅典时知道就这是我最后一次比赛，我会看到几万人的支持，而且有一些是我的崇拜者者俱乐部的人们，来自中国、美国、日本，世界好多国家。这些人在很多国家支持了我，当我从孩子手中接过奖品的时候，我知道这会是我最后一次看到他们。所以也许你们记得，我用了一个音乐，就是"再见，我的爱人，再见"这样一首歌，运动就是我的生命，当时我是用我的头脑和心灵来选择它的，因为我知道我这是我的最后一次。

杨澜　你是不是希望那一段自由体操的比赛永远不要结束？

霍尔金娜　那当然了，我当然希望不要结束。但是我们都是理性的人，我们知道，体操运动员的体育寿命很短，我已经比一般的运动员延长了好几年，我有这个福气能够参加那一次的比赛。

杨澜　当美国运动员帕特森获得雅典奥运会体操全能冠军，而你获得银牌的时候，你把俄罗斯的国旗放到了高低杠上，当时你那个举动，是为了吸引观众的注意力，还是为了要表达一种什么样的信息？有的摄影师说他们当时都不知道该把镜头对着谁了。

霍尔金娜　他们拍我是对的，因为俄罗斯的国旗是高尚强大的象征，我想让大家看到，体操全能比赛中俄罗斯队是最强的、水平是最高的，当时我认为，我不是亚军，而是冠军。当时我是这样认为的，现在我仍然这样认为。而且有一个非常重要的问题，那就是真正的体操专家、一个真正伟大的运动员，他到什么时候都可以保留这个称号，他能够经得起下一场、任何一场比赛的检验。这个帕特森小姐，是一个挺不错的小姐，但是夺冠后她就离开了，退役了，但是我天天都在证明，我是伟大的，我是在我的整个生活中变成奥运冠军的，这就是我们两个人的区别，这是大家都承认的。

杨澜　　　确实是这样，从你练体操开始，一直到进入国家队，听说有很多教练拒绝接受你做他们的运动员，原因很简单，就是因为你实在长得太高了，我不知道，当你作为一个小女孩的时候，明显比其他的女孩子高很多，会不会让你有一点儿自卑和担心？

霍尔金娜　不，实际上并没有自卑。我的身高，就是这样。有人对此提出过怀疑，但我的内心中，我的灵魂是非常坚强的。而我的教练，他经历过多次奥运会，以及很多国际性赛事，当时是他的夫人关注到了我，她非常喜欢我。她告诉自己的丈夫，说你看这个女孩，多可爱、真诚而美丽，非常非常努力，收下她吧。

杨澜　　　那你的教练给你制定了什么样的特别计划，或者是在动作的编排上，与他人有什么样的不同？

霍尔金娜　是的，他给我设计了特殊的方法和训练的技术。如果要问我方法，我可能没办法解释清楚，因为他是用游戏的方法，好像是跟一个孩子在玩游戏，在当时让我感到非常地刺激、非常地喜欢、非常地珍惜，后来变成非常漂亮的高低杠动作。

在教练的指导下，霍尔金娜取得了一系列的成就，她不仅是迄今为止第一位，也是唯一一位在女子体操的全部项目中都有以自己名字命名的动作的运动员，更重要的是，她在动作难度一味提高、运动员低龄化、身材低矮化状况加速的时代，用她特有的气质与美感，在整整十一年的时间里，辉煌地翻飞于体操赛场。1996 年的亚特兰大，霍尔金娜夺得了体育生涯中第一枚奥运金牌，女子高低杠冠军，那一次的胜利让她欣喜若狂。

杨澜　　　从亚特兰大回家的飞机上，听说你在飞机上喝醉了？是因为非常高兴的原因吗？

霍尔金娜　当然了，因为我的梦想，儿时的梦想，实现了，我们变成了奥林匹克的冠军，在俄罗斯历史上记下了我们的名字，我们进入了历史。不仅仅是因为高兴。

杨澜　　　我听说机长当时都跑过来警告你们，为什么？

霍尔金娜　那个时候，大家都跑到飞机的尾巴一同庆祝，所以这个飞机就开始不平稳，非常危险，他就请我们分散到飞机的各处，不然这个飞机就会发生问题。

喜悦延续到了四年之后，2000 年悉尼奥运会上，霍尔金娜蝉联了高低杠这一项目的冠军。但同样也是在悉尼，她在最为看重的个人全能比赛中成绩一路领先，但却在跳马一项中因工作人员将比赛器械调低了 5 公分这一重大工作失误而重重摔落，痛失个人全能金牌的霍尔金娜泪流满面。

杨澜　　　当你一下子摔在地上的那一刹那，你的脑子里是一片空白吗？

霍尔金娜　我当时不能明白技术人员们怎么可以不按规则安排器械，完全不遵守技术安全条例。要知道这会出现生命危险的，会导致很多人身体受伤。我很难去回想当时，我所有的准备就是为了成为个人全能奥运冠军，我所做的一切都是为了金牌，但是却失败了，这是很可惜的事情。

杨澜　　　但是，当有人希望你能够再跳一次的时候，你为什么拒绝呢？

霍尔金娜　我认为这是不对的，这是奥运会，不能有第二次，这不是在自家后院做

露天比赛，这是全球的奥林匹克，如果有第二次，那就会使奥林匹克再失去一次尊严。

杨澜 你的自传用了一个名字，叫做《穿高跟鞋的体操》，我们知道在表演体操的时候，是绝对不能穿高跟鞋的，为什么要取这样一个名字呢？

霍尔金娜 我认为，穿着高跟鞋做空翻，仅仅是我，只有我能做。穿高跟鞋走路是非常困难的，腿会非常地累，而穿着高跟鞋进行体操是不可能的，因此，用这个做书名是想形容，尽管穿高跟鞋做空翻不可能，但是我所经历的体育生涯，就是完成了不可完成的事情。

当霍尔金娜把体操变成艺术，征服着全球观众的时候，她还热情洋溢地把美丽绽放在更多的舞台上，她为《花花公子》杂志拍摄照片；她在戏剧的舞台上演绎语言与舞蹈的完美呈现；她在一场轰轰烈烈的恋爱中收获爱情的结晶。2007 年 12 月 4 日，她又成功当选为俄罗斯杜马议员。

其实早在 2001 年，霍尔金娜就开始涉足政坛，她在家乡成立了贝尔哥罗德青年组织，领导青年人贯彻实施州政府制定和推行的一系列政策与活动，并且研究了青年政策的立法基础。

霍尔金娜 我又一次证明，优秀的运动员们不仅可以成为好的运动员，或许能更好，比如在政坛或许会更优秀，我们可以尽力，可以变成最好的政治家。

杨澜 你会怎么样利用自己在政界的地位，来促进俄罗斯体操的发展，特别是年轻人参加运动这个方面事业的发展？

霍尔金娜 那些委员会的人不一定都是内行，他们不懂得实质性的问题，比如我们的运动员需要多少时间训练，还有，他们有多少时间在比赛前准备器械。也许我位置会坐得更高，进入一些世界体操协会，利用我的经验帮助运动的发展。

冰王子传奇

叶甫根尼·普鲁申科　Evgeni Viktorovich Plushenko

04

叶甫根尼·普鲁申科　Evgeni Viktorovich Plushenko

俄罗斯花样滑冰运动员

出生于 1982 年 11 月 3 日

身高 1 米 78

体重 67 公斤

叶甫根尼·普鲁申科曾经获得七次俄罗斯国家冠军，五次欧洲冠军以及三次世界冠军，在 2006 年都灵冬奥会上他获得男子单人花样滑冰金牌。

2006 年 2 月 16 日都灵冬奥会，花样滑冰男子单人自由滑比赛。23 岁的
普鲁申科在冰面上长身而立，音乐响起。滑行，腾空，旋转，一个四周
跳、两个三周半跳和四个三周，167.67 分的单人滑的最好成绩，观众沸
腾了！当普鲁申科完成这段创造个人历史的自由滑时，他的比分超出排
在第二的美国选手兰比尔 27 分之多，这样巨大的比分差距意味着，兰
比尔不用出场，花样滑冰男单冠军已经是俄罗斯人的了。

杨澜　　中国观众对你印象最深的还是在 2006 年（都灵）冬奥会上你以几乎完
美的表演以很大的优势获得男子单人滑的冠军，你自己怎么样评价自己
那一次的表现？

普鲁申科　我当然很高兴，我一直在笑，这是一种享受，我觉得我一生都是为了获
得这一枚奖牌。我完成了自己的心愿，这是一个超级的心愿。我认为，
对运动员来讲奥运会是最高的奖赏，这是我们最高的标准。我觉得这是
最好的一个奖赏。

普鲁申科自由滑选用的音乐尤其令人印象深刻，那是匈牙利小提琴家埃
德文·马顿将《教父》的配乐重新编曲并演奏的版本。马顿的《教父》
充满了悲剧性的雄浑与大气，像一位古希腊的英雄在与命运抗争。而普

鲁申科所经历的坎坷似乎是这段乐曲的最佳阐释。普鲁申科出生于俄罗斯最东部的一个小村庄，他家境贫寒，从小体弱多病，为了儿子的健康，母亲在他4岁时带他来到了滑冰场。

杨澜　　当你4岁练习滑冰的时候想到过会有今天这样的生活吗？

普鲁申科　我从4岁开始练，这完全是偶然的，我小时候老得病，我妈妈就让我学滑冰锻炼身体。后来我身体果然好了。我开练了一个半月就参加了比赛，当时15个人参加我得了第7名，但是其他人已经练了两年到一年半了。教练看了看我说你应该练花样滑，所以我就从此就开始了。7岁的时候我就得了一个儿童滑冰大奖。

杨澜　　那个时候得到的奖赏是什么？

普鲁申科　我当时得了一个海战电子游戏，唉哟我特别高兴，我一直在玩，我和小伙伴坐火车的时候就一起玩这个游戏，大家都特别高兴，我更高兴，因为这个东西是我得的。

1993年，在普鲁申科11岁的时候，他一直训练的冰场被关闭了。出于对滑冰的热爱，小小年纪的普鲁申科做出了继续练习花样滑冰的决定。但是一段艰难的考验在等待着他——远离家人，11岁便只身前往圣彼得堡生活。

杨澜　　一个11岁的孩子离开自己的父母独自生活在一个大城市里……你怎么样形容当时的生活？

普鲁申科　确实，我们的冰校关了，在伏尔加格勒我不知道怎么办。妈妈说你踢足球去得了，或者你干脆就好好学习得了。我有一个礼拜的时间也不知道自己该干吗，因为我特别喜欢滑冰，而且成绩不错，后来我们决定我应该来圣彼得堡。来这里之后，有一年时间没有父母陪同，确实很难，谁也不管我。那阵子就是基本温饱，没钱，有什么吃什么，什么情况都有，对我来讲确实是很沉重的一段时期。我现在回想起来很自豪，我和父母一起度过了这段时间。很多时候都是这样子，有的人一无所有，但经过艰辛的争取达到了顶峰。我还想说，达到了顶峰之后，你还是要学会做人。金钱和荣誉是会腐蚀人的。

杨澜　　当时什么事情让你受到很大的磨练？

普鲁申科　我经常哭，父母不在，还有大孩子欺负我。

杨澜　　他们怎么欺负你？

普鲁申科　就是打人，当然是互相打，因为我小但是成绩很好，我已经做了很多大孩子做不了的动作。我经历了很多，我和妈妈没有钱的时候我还捡过瓶子去把它卖到商店，我们用这个钱来买面包、买茶，我们当时生活很艰难，住在筒子楼里，只有一个房间，还有耗子什么的，很艰难，但是很多人都是这么过来的，最后他便成了很强的人，经过曲折的路才能达到光辉的顶点。

一百七十多年历史的圣彼得堡火车站见证了人间无数的悲欢离合，1993年，只有11岁的普鲁申科只身一人来到了圣彼得堡，投靠著名的滑冰教练米席林，小小的年纪就远离父母，投身在一个陌生的城市，加上经济上的窘困，使他倍感生活的艰辛，好几次普鲁申科哭着来到火车站，希望能够搭上一列回家乡的列车，但是他最后还是坚持了下来。

杨澜　我听说你有的时候忍不住想到火车站坐火车回到自己的家乡去，是什么理由让你折回来继续训练的？

普鲁申科　有的时候已经感到无力了，很难。妈妈买了票，给教练打电话，说我们不学了，我们也没有钱，也没有精力。但是教练却说，坚持，你这是在犯错，孩子还在成长，孩子很有前途，他的一切都要向前看，现在关键是忍耐。我们就听了他的意见，留在这里。过了一段，我又很困难，感觉到身心疲惫，然后又买了票，我跟妈妈说，妈妈你走吧，我留下来。妈妈走的时候我追着火车跑，我哭了，妈妈也哭了，这个场景我一辈子也忘不了。

在普鲁申科想放弃的时候，劝说他坚持的教练是阿里克谢·米席林，著名的神奇教练。在他桃李满天下的学生中，包括了众多前苏联时期的国家冠军、奥运冠军。米席林一直以其苛刻的训练方式闻名，但他对普鲁申科却总是多了一份父爱般的关怀。

杨澜　听说你和你的教练有很深的感情，但是我又听说，他实际上对你是非常严酷的。能形容一下他对于你的影响吗？

普鲁申科　米席林是我的导师，他是一个教育者，是一个教练，是一个编舞者；他也是我的父亲，他是一个很有智慧的人，当我刚开始跟他练的时候，他特别严厉，我甚至不敢看他的眼睛。

杨澜　看他的眼睛会有什么后果呢？

普鲁申科　不是，我不能很正常地看着他说话。但是我特别尊重他，我现在也尊重他。我一直特别听他的话，我不能不听他的话。当我后来取得一定成就了，他对我说，咱们不能说我是领导，你是笨蛋，他说如果你有自己的想法，包括你的表演的编排，我想听你的意见，然后我们就成了朋友，我们成了真正的朋友。

杨澜　他曾经对你说过的最温暖的话，或者做过的最温暖的一件事情是什么？

普鲁申科　我一个人，而且只有 11 岁，是他在各方面帮我，给我很有意义的建议，对我也很好，我有困难时他也很同情我，还给我一些经济上的资助，他做了一切能够帮我的事情，没有父母的在身边的时候，我感谢他给我生活上的帮助。

在米席林的训练下，普鲁申科的天赋开始表现出来，无论是跳跃、艺术修养、旋转还是别的什么，他都能很快就掌握要领。他 12 岁就可以完成所有的三周跳，14 岁时便学会了第一个四周跳，比那些欺负他的师兄们都早。而且普鲁申科训练时还有一股不要命的拼劲，他每天都会练习上百次的三周跳，有时还包括四周跳。连教练都在感慨这个孩子把自己逼得太紧了。

杨澜　我知道你在 11、12 岁的时候就有非常强的自我约束力，你每天三周跳上百次，这对于一个十几岁孩子来说意味着什么，你能有劲儿每天走回家吗？

普鲁申科　我那时候每天做 150 多个跳跃。13 岁的时候有一次我从床上起不来了，我早晨醒来以后动不了了，但是我父母说孩子快起来，你要去训练，我说妈你等一下，我妈特害怕我成残疾人了，我自己也很害怕。后来我从床上一点点爬起来，慢慢地坐起来，浑身都湿透了，浑身是汗，浑身发热，后来站起来了，开始走。后来医生给我治好了。我当时背部有伤，因为每天 150 个跳跃，那是不得了的，有的时候老在摔在地上。什么东

西都不是一下子就能学会的，尝试，失败，再尝试，再失败……复杂的
状况，失败的经历……这就是运动。

普鲁申科的职业生涯离不开圣彼得堡，由于纬度比较高，每年的五月到
八月这里的白昼时间都很长，比如说现在已经到晚上的九点钟，却依然
艳阳高照，诗人普希金曾经写下这样的诗句："朝霞匆匆替代晚霞，只
留给黑夜半个小时"，就是用来形容圣彼得堡著名的白夜的，由于同样
的理由，这里的冬季黑夜也更显得相当地漫长，这使得这座城市充满了
戏剧化的氛围，而普鲁申科的竞技生涯，也是如此。自 1995 年普鲁申
科参加一系列正规比赛开始，他就表现出了超常的实力，同年便取得了
澳大利亚世青赛第六名。次年，14 岁的他便轻而易举问鼎了世青赛。
他的水平早已远远甩开了同龄级别的少年选手们。1998 年，首次参加
世锦赛的他就获得了第三名的成绩，当时他人小气傲，瞄准的不止是铜
牌。

杨澜 在比赛上，你出人意料地获得了非常好的成绩，虽然只是一面铜牌，但
是对于你来说，第一次在比赛当中获得这么好的名次……

普鲁申科 1998 年我第一次参加世锦赛，我本来能赢，但那时太小，只想着赢，
这其实是不对的。那会儿我并不是在展示自己，做自己的事，而是为了
金牌而去的。

杨澜 所以那一次给你的教训就是不要太在乎自己得到的奖牌和名次。

普鲁申科 是的，我认为是这样的。这是我自己得出的一个结论。当我为金牌拼命
奋斗的时候，我并没有得奖。当我只是做自己的事情，并完成训练的时
候，我却获得了成功。这是一种心态和想法。

放下奖牌的包袱后，普鲁申科开始真正享受滑冰带来的乐趣，结果反而更好，2001年，他终于获得了世锦赛的冠军。不过，对那几年的花样滑冰运动来说，普鲁申科和另一位俄罗斯运动员亚古金戏剧性的竞争，构成了所有比赛的全部看点。其实他们的竞争早在普鲁申科投入米席林门下求学就开始了，当时同门师兄亚古金就是普鲁申科的头号对手。

杨澜　在相当长的一段时间，特别是1998年到2001年当中，世界滑冰的几个重要比赛的冠军，是由你和你的师兄亚古金获得的，我想知道有一个强有力的竞争对手，对于一个运动员，意味着什么？

普鲁申科　很好，有这样的强劲对手。我已经经过了几代运动员，第一代是意大利的布劳宁他们，然后有乌斯满等，后来就是亚古金，现在还有，就是汝贝尔、卓尼威尔。我经历了五代人，但是他们都走了，我却留下了。必须要有很强劲的对手，才能激励你进步，这样滑冰整体的水平才能提高，我和亚古金共同提升了花样滑冰的世界，有很多新动作都是我们第一个做的。

杨澜　我很想知道，当年你们两个在赛场上相遇的时候，你们会互相看对方的眼睛吗？

普鲁申科　我们从来没有过友谊，为什么呢？我小的时候，他老欺负我，就是一起训练的时候。

杨澜　他就是欺负你的那个人。

普鲁申科　他是其中之一，还有别的人，所以我老想把他赢了。但我的原则是，一定要在冰上竞赛，在生活中一定不能竞赛。大家如果明白这一点，我们就能像同事一样处得很好，但是亚古金没有明白这一点。

正如他们曾经共同的教练米席林所说："在体育运动中嫉妒是好东西，它让他们都变强了。"的确，普鲁申科和亚古金的竞争，不止让他们本身变强，也让整个男单花样滑冰运动发展到了前所未有的高度。有人甚至认为他们俩的天才和彼此竞争是上天送给花样滑冰的礼物。2003年，亚古金退役之后，普鲁申科独孤求败，成了花样滑冰世界的霸主，没有人能战胜他，除了伤病。

杨澜　你有好几次是身上带着伤去比赛的，有没有意识到这有可能会给你带来很大的伤害？最让人担心的一次是什么时候？

普鲁申科　我经常带伤比赛。2005 年参加世锦赛的时候，我做了封闭，不能走路了，但是必须得滑冰，我根本看不见观众，眼前是一片雾，而我必须得做跳跃。我坚持做了短节目，但是后来退出了自由滑。后来在德国，一周之内我做了两个手术，一个腹股沟的手术，一个半月板的手术。但是现在都好了，一切正常。如果你选择做专业运动员，你就得做好面对一切的准备。而且我知道，有一天，我退出了体坛，我面对的伤病问题会更严重。

2006 年都灵奥运会夺冠之后，普鲁申科宣布退役，之后的商业演出对他那满身是伤的身体来说，可以算是轻松的休养了。可出人意料的是，去年普鲁申科又开始为复出做准备，看来冰王子的传奇还将继续。

杨澜　在都灵奥运会之后你已经宣布退役了，现在又宣布要复出，参加温哥华冬季奥运会，你不觉得你所有的冠军都已经得到了，什么都不缺了？而且复出的话，风险要比机会更多，你还做过手术，受过伤，你并不需要再得到一块奥运会的金牌了，为什么要复出？

普鲁申科　风险当然是有了，但是我想进入历史，想突破自己，自我尝试。

杨澜　为什么奥运会的金牌对你那么重要？

普鲁申科　因为在滑冰运动员中，还没有人连续两次得过奥运会金牌。

08年奥运会上最轻松的人

栾菊杰

05

菊杰

2008. 8. 12.

栾 菊 杰

女子击剑运动员

出生于 1958 年 9 月 14 日

现定居加拿大

栾菊杰，1978 年在世界青年击剑锦标赛上获亚军，1978 年 获第 8 届亚运会女子花剑冠军，1979 年 获第 4 届全国运动会女子花剑冠军，1981 年获第 36 届世界击剑锦标赛女子花剑亚军，1983 年在第 6 届国际女子花剑比赛中获冠军，同年获第 5 届全运会女子花剑团体冠军、个人亚军，1984 年获世界击剑锦标赛女子花剑冠军，1986 年获第 13 届世界大学生运动员女子花剑团体冠军，1987 年获第 6 届全运会女子花剑团体第三名。1984 年在洛杉矶奥运会上，栾菊杰获得女子花剑项目的金牌。

奥运赛场上的激烈竞争使每个运动员都承受着巨大的压力，而赛后的结果会使他们得到一个情绪的释放点，胜利者欣喜若狂，落败者黯然神伤，但曾被誉为"中国第一剑"的栾菊杰在 2008 奥运赛场上却反其道而行之。

杨澜 本次奥运会期间两场比赛之间，你的表情给我留下很深的印象，第一场你赢了你却哭，第二场你输了却笑，为什么你的表情跟平常的选手是相反的？先说第一场。

栾菊杰 因为这次来参加北京奥运会，我就是来享受过程，输赢对我来讲其实不重要。第一场你问我为什么要哭了，因为当我走进比赛场的时候，所有的观众都说栾菊杰加油，给我的感觉好像是回到了自己的家。我当时就觉得，这场比赛我一定要赢。

杨澜 你是 13 比 9 赢的，分差还是挺大的，你能不能形容一下，当时你在比赛当中的状态是怎么样的？

栾菊杰 当时他们说这个人打得很猛，但准备活动的过程当中，她有点躲我。

杨澜 你看到她的眼神吗？

栾菊杰 一般我们运动员见到会打个招呼，可是从抽签以后，这个人从来没有跟我打过招呼，所以比赛开始的时候，我先上场看一下她有多猛，可能我领先几剑以后，她有点怕。那时候大家都在喊："栾菊杰，加油！"所以我赢下来之后蛮激动的。

杨澜　　在比赛当中，你是否会觉得年龄使你的反应速度，或者是步伐的变换，包括出手的速度降低了？

栾菊杰　从身体的条件和反应来讲，不能跟 20 年前相比，可能对我来讲这是这次比赛最大的一个困难。

杨澜　　第二场跟匈牙利比赛的时候，最后你是不是觉得体能有点撑不住了？

栾菊杰　因为我知道这个对手很强，我的胜算比较小，当时教练跟我讲，他说这个人反手能力很强，所以你最好不要进攻她，你要等。不过我觉得错了，实际上我应该进攻，不应该等她。

杨澜　　为什么输了之后，你脸上有一种特别满足的笑容？

栾菊杰　因为我觉得这个年纪了，50 岁了，我享受这个过程，觉得我好爽，不管我是赢还是输。开始想来北京参加奥运会的时候，我就知道我失败多于成功，但是我觉得我要尝试，我要超越我自己，当我拿到奥运会入场券的时候，我的目标已经达到了，之后的结果已经不重要了，其实我一点目标都没有给我自己。

杨澜　　参加奥运会的想法，是不是在 2001 年 7 月 13 号北京申奥成功的时候开始有的？那个时候离你生日只差一天。

栾菊杰　当时我和我先生都坐在那儿，萨马兰奇宣布时北京后，我们都跳了起来。后来我想，北京奥运会，如果我能去多好，我当时只是这么想的，因为毕竟从 2000 年到 2008 年，有 7 年时间，我 50 岁了，这几乎是一件不可能的事情，所以根本没有去想。到了 2006 年底，离奥运会还有……我就觉得 500 天的时候，我已经憋不住了，接近奥运会的那种冲动和欲望越来越强烈。

杨澜　　如果不是在北京举办你会参加吗？

栾菊杰　我不参加。

杨澜　　就是因为在自己祖国……

栾菊杰　　当运动员以来，一直梦想在自己的祖国参加奥运会，所以我就觉得我一定要来。

为了这个单纯的梦想，为了北京奥运会上的亮剑一刻，她用一年多的时间转战世界各大赛事，只为取得奥运参赛资格所需的积分。

杨澜　　　2007 年是你人生中最痛苦的时候？

栾菊杰　　2007 年，我要打进加拿大国家队才能参加资格赛的选拔，进加拿大国家队的国内选拔资格赛已经结束了，5 月份开始奥运会积分赛，第一站在韩国，第二站在中国，然后是日本，这三站打得都不好，我一分都没有得到。韩国是第一场，这是从 2000 年以后我第一次参加国际大赛，我还没有适应过程。

杨澜　　　什么事情让你不适应了？

栾菊杰　　我 7 年没有参加过国家大赛。刚开始，我没有投入到训练当中，只是在教，大赛的时候，好像我的腿和脚都不听使唤了，手想出去，但脚先出去了。所以韩国那一场……

杨澜　　　输得莫名其妙。

栾菊杰　　紧接着到上海，我找到感觉了，心里有数，往上走了。接下来去古巴，这几站打下来，觉得看到一点希望了。平时我在家做饭，毕竟有三个孩子嘛。有天吃鱼，当时手没有出血，大概到半夜的时候，手开始肿，开始发热，钻心痛，想不想不对，鱼刺也没有扎出血来啊。到早晨快 4 点钟的时候，手上出现两条红线，毒素渗透到了血液里，后来我挂了四天水。我老公给我打电话，说加拿大来通知了，让你 7 月份去蒙特利尔训练一个月，如果你不去，就开除出加拿大国家队。

杨澜	好像每一件事情都在同一个时候发生了。
栾菊杰	我过敏得挺厉害，必须打一针，但如果不去训练的话所有资格都没有了。最后一次我老公给我打电话，他说你赶快做决定，只有一个小时了，后来我说算了我不打了，放弃了。
杨澜	不再打这个比赛了。
栾菊杰	后来我老公说你再考虑一下，那我说都打到一半了，新闻报道都出来了，去吧，就这样就决定了。
杨澜	有一次比赛看错鞋号，这事有点乌龙，你怎么会犯这样错误？
栾菊杰	当时是去美国，去参加资格赛看我能不能进国家队，我做了充分的准备，拿了一双39码的鞋。第二轮打下来觉得脚不对，打到最后不能走路了，我觉得很奇怪。最后一场决赛时我觉得我的脚已经受不住了。脱了鞋之后，五个脚趾全是紫的，大脚趾的指甲都翻上来了，已经掉了，我给他们看，我说你们看我的鞋子怎么了，他们说你有没有搞错，这是36。
杨澜	你怎么给自己穿小鞋呢？
栾菊杰	我拿了一双新鞋子，我看的是39。
杨澜	穿进去没有感觉吗？
栾菊杰	我根本在家没有穿，是全新的，我拿到比赛场才穿的。
杨澜	除了给自己穿小鞋之外，别人也有可能给你穿小鞋，你遇到过这样的竞争吧？
栾菊杰	像我现在代表加拿大参加比赛，又是接近50岁……
杨澜	你是不是在抢别人的饭碗吗？
栾菊杰	年轻运动员不服，我去蒙特利尔训练的时候，有个运动员简直是有意识把我搞伤，我说教练这个训练已经不能进行下去，他说他看到了，告诉那个运动员如果再这样她就回去。毕竟我年纪已经这么大了，还要忍耐到这个程度。

杨澜	参加奥运会是你内心非常美好的愿望，但毕竟你也是在争夺年轻一代击剑运动员的机会，你会不会想自己是在跟这些小孩子争机会吗？
栾菊杰	舞台是公平的，每一个人都可以展示自己才能，这是公平竞争，你用哪种手腕都不重要，重要的是要表现出你最好的水平。我觉得上帝是公平的，对不对？
杨澜	当你确认已经拿到了来北京的入场券的时候，你对自己怎么说？
栾菊杰	我给美国教练打电话，说我已经进入到奥运会，你怎么不恭喜我？
杨澜	这个当中你有没有觉得坚持不下去的时候？
栾菊杰	一路走了那么长时间……三个孩子我最担心的是老大，因为老大身体不好。十个月大的时候做过心脏手术，5 岁的时候也做过，她现在 17 岁，还在用起搏器，不知道什么时候还会做手术。我出去的时候最担心的就是老大不要有什么意外，因此走之前要把老大身体检查一遍，让医生确定这一段时间她没有问题，我才会安心出去比赛。

30 年前，在 1978 年的西班牙马德里世界青年击剑锦标赛上，20 岁的栾菊杰被对手的断剑刺穿了持剑臂，但她硬是咬牙夺下了银牌。1984 年 8 月 3 日，在第二十三届奥运会女子花剑决赛上，栾菊杰挺身仗剑，以绝对优势成为第一个获得奥运会击剑金牌的亚洲运动员，从此打破了欧洲选手在这个项目上长达 88 年的垄断。栾菊杰认为取得这些成绩，意志力是她最大的优势，而正是这个优势给她的人生带来很大帮助。

杨澜	在你的人生当中，什么时候你最需要这种意志力来帮助你？是不是到国外的时候？
栾菊杰	在中国做运动员就很艰苦，加上击剑本身又是欧洲传统项目，要达到先

进水平更是难上更难，我们经常被裁判员错判和误判。拿到世界冠军，这就是我的目标。所以我拼命地训练，后来得了心脏病——实际按照医学上讲，我已经被判了几次死刑，医生说你不能做运动员了，这样很危险；然后是后肾下垂，只要谁说对肾病有好处，不管什么疗法我都尝试。人都说心脏病是富贵病，我想人总是要死的，还不如做自己想做的事情，所以一边坚持吃药、坚持打针，一边坚持训练，一天我都没有放弃过。我相信只要我努力，我肯定能拿世界冠军，我当时就给自己一个目标：不进世界前几名不谈恋爱，不拿世界冠军不结婚。现在听起来，这种话是很可笑的。

杨澜　那个时代很真诚的。

栾菊杰　我真的这么讲，实际上我也是这么做的。我是拿了世界亚军以后，别人介绍的，领导说的，你可以谈恋爱了。

杨澜　如果今天你的女儿也发出这样的誓言，你会有怎么样反应？

栾菊杰　时代已经进步了，已经发展了，跟我们那个年代有很大的不同和改变。我相信我不会用我那个年代的标准来看待现在的孩子。

1989 年，退役后的栾菊杰移居加拿大，在那里，她曾四次夺得加拿大全国冠军，一度排名北美花剑赛第一名，并长期在击剑俱乐部从事教练工作，在加拿大，有一项击剑公开赛就被叫做"栾菊杰杯"，那是埃德蒙顿俱乐部为了让她留下执教而专门设置的比赛。

杨澜　你在 1980 年代后期去了加拿大，到现在已经有 20 年的时间，我们对这 20 年的了解是非常粗略的，就知道你去了加拿大以后，一开始要去留学，后来到了一个击剑俱乐部去当教练，然后做了三个孩子的母亲，有了幸福安定的生活，在这个过程当中，生活有没有对你又有了新的考验？

栾菊杰　当时我是想去学一点英文或者法文，我想去国际剑联，想为中国的击剑发展做一些贡献。1991 年，我的大女儿出生，医生说她先天性的心脏不好，等于多一个染色体。我生孩子时已经 33、34 岁了，为了击剑，我走了这么长的路，这么大岁数才要第一个孩子，我觉得我无法能够接受这个事实。

杨澜　你是不是责备自己呢？

栾菊杰　没有。我觉得天要塌下来了，我当时接受不了，拼命地哭，我先生来看我，我们俩就抱头痛哭，我觉得我受不了。

杨澜　你当时是不是觉得老天爷非常不公平？

栾菊杰　我说我要回家，他说是剖腹产，你现在怎么可以回家？你刚刚从手术台下来，不可以回家，我说我听不得别的孩子哭。第二天我爸爸妈妈从中国赶来，他们也不能接受这个事实，我们每天都到医院去，半夜才回来。

杨澜　就看着她。

栾菊杰　就看着她。大概到了 19 天了，我觉得我这样下去也不行了，我就回到俱乐部工作，白天为了打发时间我就去工作，工作完了我再回到医院，晚上 12 点钟左右回家，早晨再去看，然后再工作，再回家。

杨澜　转移注意力，其实是。

栾菊杰　医生把管子从嘴巴里插进去喂她奶的时候，我就站不住了，眼泪哗哗地往下流，然后就给我老公打电话，我说不行，我看不下去了，他说你不要看，可是我也不能不看。

杨澜　这就是做妈妈的心。

栾菊杰　晚上我们抱头痛哭，说只要女儿好了，我们就把所有的爱都给她，她这么可爱，长得白白净净的，这么可爱。她已经 17 岁了，这 17 年让我看得最透的是，人的一生没有比生命更重要的，没有什么东西是不可以放

弃的，活着的人就应该做自己的喜欢做的事情。

杨澜 说得真好。我想知道，2008 年，你在奥运的赛场再拿起这把剑的时候，与你在 1984 年拿起那把剑时有什么不同吗？你对剑的领悟有什么不一样吗？

栾菊杰 奥运会中每一个项目只有一枚奥运金牌，胜败都是在一瞬间，如果要战胜对手，你首先要战胜自己。剑给了我的勇气，给了我的智慧。我想赢，在生活中和比赛中其实都是一样的。

杨澜 这一届奥运会，虽然只打了两局比赛就被淘汰了，但是你说无论是自己的职业生涯还是人生都已经没有缺憾了。以后不再打比赛了的话，这把剑在你的心中是一种什么样的地位？

栾菊杰 这个奥运会不打了，但是有一些老年人的比赛也可能还会打，10 月份的老年人世界锦标赛，我还会去的。

杨澜 你已经进入老年人了。

栾菊杰 我只是想把我的人生在击剑的每一个格子里面都填满，我觉得在有限的生命里，做自己喜欢做的事情最重要。

平淡如水　坚定似金

刘子歌

06

刘 子 歌

中国女子游泳运动员

出生于 1989 年 3 月 31 日

身高 1 米 81

体重 67 公斤

2008 年全国游泳冠军赛女子 200 米蝶泳冠军。

2008 年北京奥运会上,刘子歌取得女子 200 米蝶泳金牌,并且以 2 分 04 秒 18 的成绩打破了世界记录。

对于中国人而言，2008 年的北京奥运会实在是惊喜连连，在奥运冠军
名册当中，出现了许多年轻而陌生的名字，这其中一个很大的惊喜来
自于 8 月 14 日在水立方中举行的女子两百米蝶泳的比赛，刘子歌不仅
获得冠军而且还创造了新的世界纪录。这不仅出乎几乎所有人的预料，
连她本人也没有想到。

杨澜	子歌，非常非常地祝贺你，这块金牌是中国水军本届奥运会的第一块金牌，而且几乎是在没有人期待这块金牌的情况下，你给我们带来的一个惊喜。我特别诧异的是，当我打电话联络要采访你的时候，却听说你得了金牌之后，下午就在奥运村里睡觉。
刘子歌	对啊。
杨澜	这都什么时候了，还睡什么觉啊？高兴都来不及呢。
刘子歌	可能我这人就比较平静吧。
杨澜	下午睡了多长时间呢？
刘子歌	也就一个多小时吧。
杨澜	睡得香吗？
刘子歌	挺香的。我一般睡觉时候外面的事情不会干扰到我。
杨澜	昨天晚上睡得好吗？
刘子歌	挺好的。

杨澜	到点就睡着了？
刘子歌	对。
杨澜	你不会有大赛前的一种紧张或者是兴奋吗？
刘子歌	会有啊，但是要自己通过调节，把那种情绪放松掉，化解掉。
杨澜	你跟我说说怎么化解？别人都说你心态特好，我想你一定有自己的秘诀。
刘子歌	就是不要去过多想比赛的结果。睡觉之前，要想一些平静的东西，比如说躺在海边啊，然后听听轻音乐。
杨澜	在比赛之前，你有没有一种预感，觉得我今天要出好成绩了。
刘子歌	比赛之前我感觉今天会长成绩，会比半决赛有提高，但是没有想到会提高这么多。
杨澜	你在自己平时的训练中，从来没有创造过这样的成绩吗？
刘子歌	对，差距蛮大的。
杨澜	你是一个比赛型的选手吗？
刘子歌	差不多吧。应该是这么说。
杨澜	今年的奥运会让大家觉得不可思议的就是水立方里创造了这么多的世界纪录，水立方会给你带来什么新鲜的刺激吗？
刘子歌	我感觉在水立方的比赛特别轻松。可能因为是在自己家乡，语言方面都没有什么问题。
杨澜	水呢？温度、水的感觉，你觉得跟其他地方有什么区别吗？
刘子歌	可能因为水立方外观的影响，就是觉得在里面游起来特别轻松，像鱼一样。
杨澜	在主场比赛，观众的热烈的气氛有没有对你产生影响？
刘子歌	有啊，特别是在冲刺阶段，觉得特别有力量。
杨澜	你能听得见吗？
刘子歌	能听得见。蝶泳一般可以听得见，仰泳好像就差一些了。他们一喊加

油，就算本来没有力量了，也会觉得精神突然爆发了。

在这次奥运会之前，没有多少人听过刘子歌这个名字，她似乎是凭空冒出来的，一路从预赛走到了决赛，而且次次成绩都在提高，半决赛2分26秒25，打破亚洲纪录，决赛2分04秒18，打破世界纪录。而这些匪夷所思的成绩，刘子歌在训练时从未游出来过。

杨澜　　在这之前，你们运动队也好，教练也好，有没有给你什么指标？比如说"子歌，你不拿金牌也拿块银牌吧"？

刘子歌　没有，我连前八名都没有。

杨澜　　但是你平时运动的成绩，应该让你有一定的信心吧。你当时给自己设定的是多少？

刘子歌　我当时认为能提高成绩然后能进到决赛，就特别满意了。

杨澜　　所以今天早晨在比赛之前，当镜头掠过每一个参赛运动员面庞的时候，我们发现你是最轻松的。你好像都觉得这都不关自己事似的坐在那儿。

刘子歌　因为我已经进入决赛了，从心理上我觉得已经完成任务了，认为自己已经表现得特别好了，今天能游到什么成绩我都会特别高兴。我要是游到第八名的话，我也是跟她们一个水平上的。

杨澜　　你对自己的要求真是太不高了。我们发现在前100米的时候，你相对是落后的。你平时都是这样的吗？就是前面会稍微慢一点？

刘子歌　不是，因为我比赛的时候都是跟着自己的节奏去游，有的人可能前面会快，但是主要还是跟着自己的节奏去游吧。

杨澜　　稍微落后一点的时候你心里着急不着急呀？

刘子歌　当时没有想过，因为一游起来就不会想那么多了。

杨澜　你会不会用余光看看别人游得怎么样？

刘子歌　余光会看到。但是游到第三个 50 米的时候，我感觉好像已经领先了。

杨澜　那个时候你心里什么感觉？意外吗？

刘子歌　比赛的时候你来不及想那么多的。

杨澜　就是想每一个动作怎么做。

刘子歌　对，最后冲刺的时候，应该去注意就是尽力地打腿啊等细节的东西。

杨澜　当你看到自己成绩的时候惊讶吗？

刘子歌　惊讶，因为破了世界记录嘛，没想到过就是在这次比赛中会把世界记录给破了。

杨澜　但是为什么在得了金牌以后你的表情依然是那么恬淡，带着迷人的微笑，也没有觉得特别激动，不能自已。

刘子歌　可能我就是性格就是这样，比较平静，比较内向的。

杨澜　但是其实心里呢？

刘子歌　其实，运动员并不是非得激情四射才会拿冠军啊，主要是内心的力量吧。

在刘子歌得到 200 米蝶泳冠军之后，人们开始赞叹这个女孩内敛的性格、稳定的状态以及良好的心理素质。其实，正是她的这种内向的性格，却使得她在训练初期并不被众人看好。

杨澜　你是从六岁就开始游泳了？

刘子歌　七岁学的。

杨澜　是什么样一个契机让你开始学游泳了？

刘子歌　学校的体育老师让我去的，反正我从小就特别喜欢游，小的时候我爸也会经常带我去游泳池玩。

杨澜　刚刚下水的时候怕不怕?

刘子歌　不怕。

杨澜　哭鼻子吗?

刘子歌　没有。

杨澜　呛水了吗?

刘子歌　倒是呛了。

杨澜　最先学的是什么姿势的?

刘子歌　自由泳。

杨澜　平时其他的小伙伴要去玩啊,或者是读书的时候,你就在那儿练,没有
　　　觉得这挺苦的吗?

刘子歌　没有啊,因为我从小就特别喜欢游泳,因为感觉游泳以后能把一天的疲
　　　劳全都缓解掉。小的时候觉得上课读书很累,但游完泳以后就特别轻
　　　松了。

杨澜　什么时候崭露头角开始出成绩了呢?我听说 12 岁你就开始参加比赛了,
　　　是吧?

刘子歌　对。但是那个时候成绩不是很好。2004 年下半年 2005 年初的时候我曾
　　　经进过国家队,当时的领导决定让我参加 2005 年的世锦赛,但比得也
　　　不是很好,因为才 16 岁,第一次去参加那么大的场面。

杨澜　还记得是在哪个城市比的吗?

刘子歌　蒙特利尔。我自己去的,教练也没跟着。我挺感谢领导的,因为那么小
　　　就能要我,让我参加比赛,让我有这个机会。

杨澜　那次取得的名次如何?

刘子歌　那次好像二十多名,但是给现在奠定了一个基础,开阔了眼界。

杨澜　第一次参加国际大赛,会不会站到台子上的时候心怦怦跳?,腿会抖吗?

刘子歌　第一次会。但不至于腿会抖。当时就是觉得挺兴奋的,因为参加这么大

的盛会嘛，世界各个国家的人都有。

杨澜 但是那次得了二十几名，回来以后就被从国家队退回去了。

刘子歌 对。

杨澜 这对你来说，也是一个自尊心的打击吧？

刘子歌 没有。倒是属于……怎么说呢，就是让我更加有目标吧，要超越自己，要用实力来证明自己。

杨澜 那时候有人笑话你吗？会有人说"你看都去国家队了，又给退回来了"？

刘子歌 倒没听说过，主要我们教练比较认同我吧，一直坚信我可以出来。

杨澜 你说你从小都不被别人看好……

刘子歌 没有这么苛刻，应该说期望不是很大，没有那么关注我。

杨澜 那是什么让你对自己有信心呢？

刘子歌 因为教练。

杨澜 教练为什么对你有信心呢？

刘子歌 每个人看问题不太一样吧，可能我们教练认为我虽然内向，但也可以练出来。

杨澜 主要你平时扎到人堆里不出声。

刘子歌 对。有些教练可能认为这样的运动员在比赛的时候不会有太多激情吧。

杨澜 你在比赛的时候有激情吗？

刘子歌 其实我认为激情不是外表上的东西，它主要在人的内心。

杨澜 你的教练能够看到你内心的激情。成功是你游泳唯一的目标吗？

刘子歌 不是，我认为游泳给我带来很多东西，比如说精神上的收获。不是说非得说成功，只要是每天训练我就很开心，就算今天没有拿到奥运冠军，我也会继续练下去。

杨澜 你这次奥运会只参加蝶泳的项目对吧，你什么时候把自己的目标聚焦在蝶泳的呢？

刘子歌 这是从小教练给我定的，他可能发现我蝶泳比较擅长吧。

杨澜　你游得最差的泳姿是什么呢?

刘子歌　蛙泳。大家都是这么认为的。

杨澜　2005 第一次参加完蒙特利尔的锦标赛后,你给自己设定的目标是什么?

刘子歌　就是想破世界纪录。我当时看到杰西卡和得累加斯科在争,感觉挺鼓舞人心的。

杨澜　有没有感觉这个目标非常遥远?

刘子歌　没有。我觉得通过我的努力一定会达到的。好多人都是那种从小不被看好,但是最终能走到成功的。我特别崇拜这种人。

在参加了强手如林的蒙特利尔世锦赛之后,刘子歌反而被激发出了新的目标,她也开始通过自己的努力向目标迈进。但事与愿违的是,从那时开始,她的成绩开始停滞不前。

杨澜　有没有遇到过一个瓶颈,在好长一段时间突破不了?

刘子歌　有过,肯定运动员都有。

杨澜　那是什么时候?

刘子歌　从 2005 年到 2006 这一阶段吧,2007 年之前,都属于平台期。

杨澜　当时是什么表现呢?

刘子歌　不长成绩,成绩就定在那儿了,原地不动了。

杨澜　怎么努力它也不动?

刘子歌　对,其实那个时候就是一个积累,量的积累,等积累到一定时候,就会产生一个质的变化。

杨澜　哪一段时间你觉得你对游泳的领悟长得最快?

刘子歌　就是那段平台期吧,是对我心态的一个调整。

杨澜	能够说得具体一点吗？
刘子歌	因为大家都是同年龄人，但那个时候别人都突飞猛进，就你在原地不动，那种感觉其实说出来也挺难过的。但是这时你就要多想积极的方面，多相信自己，要坚信自己一定可以成功，度过平台期就好了。
杨澜	那时候你用什么样的方法最后取得了突破呢？
刘子歌	就是默默无闻地训练。
杨澜	默默无闻地训练？
刘子歌	因为当时大家都不太看好我嘛。
杨澜	大家会用什么方式来表示不看好你？什么时候你能感觉到别人不看好你呢？
刘子歌	那种氛围你能感觉得到。大家都重视成绩提高得多的人，关注你就少了，你肯定能感觉到，对吧？
杨澜	什么时候这个平台期过去了？什么时候你发现自己终于有所突破了？
刘子歌	2007 年冠军赛吧，2007 年冠军赛到现在应该说有一个飞跃吧。
杨澜	是不是非常开心？
刘子歌	对，因为我终于从 2 分 12 秒一直游到 2 分 9 秒多，有一个飞跃吧。
杨澜	当时你会用什么样的方式来庆祝一下呢？
刘子歌	就是特别高兴，但也没有特别激动。

不论是面对当年的瓶颈期，还是之后的成绩飞跃，或者如今的奥运会金牌加世界纪录，刘子歌始终保持着平和的心态。让人意想不到的是，这个 19 岁女孩的这种宠辱不惊的超然态度，是源自于对《道德经》的领悟。

杨澜	平时你最喜欢干些什么事？
刘子歌	就是看看书。
杨澜	你喜欢看什么书啊？
刘子歌	我一般喜欢看看《读者》之类杂志，有的时候还会看一些《论语》《道德经》什么的。
杨澜	真的，那不都看得成天都之乎者也的吗？
刘子歌	那倒没有啊，我觉得它可以提高人对各个方面理解吧。
杨澜	是谁让你开始看《道德经》的？教练让你看《道德经》的？
刘子歌	教练，对呀。
杨澜	你14岁一小孩，教练说去读《道德经》？
刘子歌	没有，刚开始，我们教练是让我们看《论语》里的小故事什么的，然后看《读者》之类的比较有知识的东西，丰富一下业余生活吧。
杨澜	是吗？你发现自己最喜欢《道德经》？

刘子歌	对，因为从里面慢慢可以感悟到一些东西，能跟现实中的有些心态

碰上。

杨澜 《论语》和《道德经》，你觉得对你帮助最大、最有启发的是哪些教诲？

刘子歌 《道德经》里有一句话，叫"上善若水"，水，你看它表面挺柔的，对吧？但是它也有自己的内涵，它会给树，给土地啊、鱼啊养份，但不会获取什么报酬。

杨澜 而且虽然它的形体可以随着环境而变化，但是它有自己的力量。

刘子歌 对，滴水石穿嘛。

杨澜 你从小跟水打交道，每天就是湿淋淋的，一遍一遍跳进去，有没有对它产生厌烦的情绪的时候？

刘子歌 每天训练也会很累，但是有的时候，比如说完成一个好的转身，受到教练的表扬，也会很开心的。其实得冠军给你带来的喜悦只是一时的，最主要还是过程中一点一滴的那种喜悦，是值得回味的。

杨澜 我觉得你的成熟度，远远大于你的年龄，大概跟看《道德经》是有一定的关系。你会不会觉得你的世界有点儿单调？

刘子歌 不会啊，我偶尔也会看电视啊，有什么新出的电影也会去看。

杨澜 哪一部电影是你最喜欢的呢？有没有特别喜欢的明星偶像？

刘子歌 比较喜欢体育界的明星吧。

杨澜 比如谁？

刘子歌 比如那个菲尔普斯啊，还有就是所有能拿到奥运会冠军的人，我都特别羡慕他们。

杨澜 你才 19 岁已经获得了奥运会的金牌，创造了新的世界纪录，未来大家都觉得你不可限量，你对自己的自我期望是什么样的？

刘子歌 我也不好预计自己以后会什么样吧，但我会继续努力去做的，因为我也想像国外的运动员那样蝉联好几届，我的目标就是这样。

　　我听到几乎所有的人都在赞叹 19 岁的刘子歌，在竞争如此激烈的大赛面前，却保持了如此平和的心态，那从今天的采访中，我才了解到，这不仅与她本人的性格有关，也得益于中国古典文化的熏陶和她平日里的修养，就像水一样，在风平浪静之下，可以孕育着巨大的能量和热情，我们的刘子歌前途不可限量。

柔中取到的智慧

冼 东 妹

2008. 8. 13.

冼 东 妹

中国女子柔道运动员

出生于 1975 年 9 月 15 日

身高 1 米 58

体重 52 公斤

2004 年雅典奥运会上冼东妹获得女子柔道 52 公斤级项目的金牌，2008 年北京奥运会，她蝉联了这枚金牌。

杨澜	柔道，柔道，其中必然有一个道，你得悟这个道，对吧？你 15 岁开始学习柔道，那个时候对柔道的理解和你今天对于柔道的理解，有什么不同？
冼东妹	太多了。最开始接触柔道，什么都不懂，只知道教练让我干什么就干什么，只知道打，但经过将近 18 年的柔道经历，自己真的从柔道中学到了太多东西。
杨澜	你给我们讲一讲吧。
冼东妹	它是一个非常讲礼貌的项目，它有一个道，道德，你要是违犯这个项目的一些规范，马上就被处罚。穿上柔道服后，跟对手打你必须得行礼，打完了也必须行礼，这是尊重对手——他虽然是一个进攻性很强的对手。而且对柔道垫、对自己的柔道服，都要给予一定的尊重，因为这是你的武器。
杨澜	比赛前和比赛后整理柔道服一定要自己做吗？没有助手吗？教练帮你做吗？
冼东妹	一般都是自己做。因为这就像解放军的枪一样，它们也是你去为国家争取荣誉的武器。
杨澜	柔道是很有规矩的一项运动。
冼东妹	对，非常非常有规矩，非常讲究道德。
杨澜	当你是一个无名小卒的时候，虚心可能比较容易，但你已经是奥运冠军了，已经拿到这样名分的时候，要再变得虚心……这是你从 2004 年到

2008 年所悟的吗？

冼东妹　是，的确是这样子。一开始可能还只想恢复训练，没想那么多，等到了国家队以后，发现我这个级别起码有两个世界冠军在那儿摆着，她们也是一定要把奥运冠军拿下来的心理。

杨澜　所以要忘掉这些。但重新归零是一个很难做到事情。

冼东妹　对，一定要从零开始，一定一步一步地往前走。所以我把她们——包括世界冠军、全国冠军，包括国内强劲的对手——都当作很强的对手。

带着对柔道更深的理解，冼东妹登上了奥运赛场，8 月 10 日，这位 33 岁的柔道老将在一天内连克四位强敌，成为中国第一位两夺奥运金牌的柔道选手，比赛中，她与朝鲜选手安琴爱的决赛打得尤为艰难。上一次雅典奥运会，冼东妹仅用 67 秒就轻松夺冠，而这一次，她整整打了五分钟才最终取胜。

杨澜　你觉得你赢在什么地方？

冼东妹　实力相当的话，那就看谁的心理好，谁的战术好，还有一个就是比赛经验。安琴爱的技术控制得很好，但我没有让她发挥出来。她一抓我这边大领，要做动作，我就借这个手做动作，但没有机会做，然后她做我的时候，我防守住了，她没有得分，摔下去了——柔道背着地才得分，趴着是没分的。我卸掉她的技术，然后去做我的动作，我就是这样得分的。

杨澜　你怎么评价这一次的技术发挥，你觉得你发挥了多少能力？

冼东妹　应该是百分之七八十。

杨澜　就是说你赢得并不是那么吃力，是吧？

冼东妹 不是，最后一场我相对也是有一些保守，因为我后来回想了一下，其实有很多机会还是可以上动作的，但因为到了决赛还是想以稳为主，就有点儿怕。我是进攻型的选手，但容易急，一急就攻不好，就会有失误。

杨澜 有破绽。

冼东妹 所以有机会还要想一下这场比赛。前面几场，我没有多想，有机会就做动作，就比较轻松一点。

这一次夺冠，是冼东妹第四次复出取得的辉煌战绩。而此前，她每一次复出，都能凯旋而归。2001 年，冼东妹在九运会上第一次复出，赛场上，她强忍剧痛，把脱白移位的右膝膑骨推回原位，奇迹般地赢得了冠军。第二次复出又拿下釜山亚运会银牌。2004 年，在雅典奥运会决赛中，第三次复出的冼东妹仅用 1 分 07 秒就赢得了金牌。但在这种对抗性极强的比赛中，年龄的增长不可避免地带给她体能的困扰，而她的打法早已被各国高手研究多遍，每一次再战沙场，冼东妹都要比从前付出更多。

杨澜 这一次的复出的确是挺吃力的，生完孩子以后多长时间复出的？

冼东妹 我记得第一次是广东省体育局的局长让我必须打一场 2008 年 8 月 1 号的比赛，好攒积分打奥运会资格赛。我说："不会吧。"当时我体重 63 公斤，我说开玩笑吧，我现在体重这么大，怎么够时间——那天是 4 月 18 号，而 8 月 1 号就要比赛——我说不可能的，我说。

杨澜 后来怎么就变成可能的事了呢？

冼东妹 省委省政府、市长、体育局的局长都到我家跟我谈。最后他们说不是一定让我出来，不给我任何压力，他们只是有这个想法，让我自己去考虑。

杨澜　什么最后打动了你？

冼东妹　我觉得是因为自己对柔道还是很舍不得，还有比赛的感觉，有参赛的欲望。第二就是，奥运会在家门口举办。就这两点。

杨澜　百年不遇的。

冼东妹　这两点让我做了复出的决定。

杨澜　这事跟刘波商量了？他一开始就同意？

冼东妹　没有，他说："你能行吗？"他也有点怀疑，怀疑我能否恢复到原来的状态。他说："我不给你做决定，我帮你分析。"

杨澜　谁都不给你做决定？

冼东妹　这一点非常好，没有给我任何压力，所以我感觉很轻松，没有考虑一定要怎么样怎么样。

杨澜　所以这个决定很快做出来了，5月初邀请你正式参加比赛，8月份比赛——三个月时间怎么过的？

冼东妹　前面差不多一个月，没有穿柔道衣，就是慢跑，然后开始加力量，练肌肉，但是最后一个月必须要有强度，必须要对抗，必须要施展各种能力，就感觉挺难过的——不是心里难过，是心理上承受的压力。

杨澜　在雅典奥运会的时候你曾经说过一句话，你说别人都不看好我，我看好我自己，可是这一届奥运会，大家都看好你，你怎么看？

冼东妹　其实一开始也有压力，当时我跟我的心理老师也聊过这些事情，我说他们都觉得我拿冠军没问题，我应该怎么看待这个问题？他说其实你还是自己没信心，你具备了这个实力人家才会这样说你，而且你复出以来没输过，那就证明你是有这个实力。我自己也想了，也对，我是有这个实力。后来心理问题很快就化解了。

杨澜　早早把你那块金牌已经算在金牌榜里边了，是吧？

冼东妹　对呀，这就是无形的压力，但是看你怎么去化解。

杨澜	在这一段时间当中，有没有觉得身心压力很大，觉得很委屈，觉得我干吗来吃这份苦？
冼东妹	我记得有一次，我们杨局，广东省体育局第一局长，来看我，我哭了。
杨澜	你哭了，当着人家的面哭了。
冼东妹	当时感觉到很委屈，可能自己很累吧，赛前两个月，刚好上最大强度的时候，刚好他们来看我，刚好在训练，刚好练到最后最累的时候，我觉得那时候好很委屈，就像见到亲人一样。
杨澜	心里想就是你们又把我拉出来，我应该在家喂孩子的。
冼东妹	其实不是这样想的，就是觉得委屈，当时像见到家里人一样，觉得我很累，就想告诉你我很累。
杨澜	他们是不是有点吓坏了？他们肯定没有见过那样的你。
冼东妹	不知道。他也没有打扰我。握完了手，说了几句话，我就哭了，但眼泪还在我就又上去练了，我说要集中精力，集中精神。
杨澜	训练的时候，你常常会遇到比你年轻、比你小的队员。
冼东妹	是，我状态不好的时候，被她们摔了，自己也会憋气。
杨澜	小毛丫头。
冼东妹	你的身体不是一直可以这么好，那些小毛丫头放得很开，赢你一下是很正常的，跟捡到的一样。但是我们输一下就心理不平衡。有天输给我们自己的小队员，我心里咯噔一下，可能那一天也挺累的，气得跑到外面，眼泪想掉下来，后来很快就扭转过来了，觉得我今天状态不好，没关系——我就这样安慰自己。我记得当时教练帮我掐脉搏，我甩手说不用了。
杨澜	不用了。
冼东妹	就走掉了。他当时也生气了，觉得我这个人从来不会这样，今天怎么会这样。
杨澜	是不是人当了奥运冠军以后，拥有这样的年龄和资历，会有面子和架子

放不下来的时候？

冼东妹　但是自己很快就扭转过来了。出去一会儿，回来，我还是继续训练。我自己也感觉到很欣慰，我能很快把不好的情绪转化过来。

杨澜　这也是战胜自己的一个过程。

冼东妹　对，这种经历，让我学到太多东西。

体能上的恢复、技战术的突破，甚至心理上的压力，冼东妹都可以一一化解，但让她牵肠挂肚难以释怀的，是她1岁的宝贝女儿。去年，在女儿只有四个月大的时候，冼东妹把孩子交给家人，只身来到北京训练，一年里，她只能在晚上训练结束后，通过网络视频，和女儿聊上10分钟。

杨澜　什么时候开始决定给孩子断奶的？

冼东妹　5月底。

杨澜　孩子才两个月。

冼东妹　两三个月，三个多月。

杨澜　做这个决定困难吗？

冼东妹　不算太困难。

杨澜　婆婆同意吗？

冼东妹　其实婆婆也说过，她说，刘波和他姐他们都是一岁多了，吃到一两岁才断奶的。

杨澜　听话听音，你这媳妇得听着婆婆的。

冼东妹　但我是做了决定才告诉她的，一旦决定就不想改变，而且我相信现在的条件这么好，有些人生完小孩还不喂母乳呢，我已经喂了三个月，快四个月了，也足够了。

杨澜　　其实刚刚断奶的时候，不光孩子想妈妈，过了一段时间，身体会提醒你该去找孩子，那个时候对妈妈来说，心理上、身体上都会有一种调试的过程。

冼东妹　刚开始比较费劲一点，我觉得我这种转变能力还是比较快的。你想要走上一个更高的目标，肯定要失去一些东西。

杨澜　　你一直说这枚奖牌是要作为礼物送给自己的女儿的。

冼东妹　一直有这种想法，也能够弥补一下她，我想这是最重要的，金牌就给她了。

杨澜　　女儿怎么说？

冼东妹　她拿过来看，就当是一个礼物，一个玩具。

杨澜　　这是个昂贵的玩具。你已经多长时间没有见过女儿了？

冼东妹　比赛一个多月前，领导也好，家属也好，都不能接触，后来老公带着她从青岛回去，经过训练的地方待了两天，偷偷地在外面住着，我出去见了一面。

杨澜　　还是违规了一下，是吗？

冼东妹　其实真的是违规的，那时候是比赛前20天左右吧。

杨澜　　女儿这么长时间没有见到你，第一面觉得熟悉吗？

冼东妹　她见到我的时候就不看我。我其实有点伤感，她好像有点委屈。

杨澜　　好委屈。

冼东妹　委屈，生气，不看你，不让你抱。其实我能理解，她好像有点生气，不看你，也不叫你。但是很快，过一两个小时就好了。有一次春节的时候，我去机场接她，她也是这样的，我心里挺不舒服的。

杨澜　　没错，都是当妈的，我也记得我第一次出远门，孩子一岁左右，我大概离家两个星期左右，哎哟，她那个委屈，冤枉极了。

在历届奥运会的赛场上，都活跃着妈妈级运动员的身影。而大多数成功的女性背后，都有一位默默支持她们的丈夫。冼东妹也不例外，2002年，冼东妹和相恋十年的丈夫刘波喜结连理，同是柔道教练的丈夫一直默默支持着妻子的事业，为了让冼东妹打好比赛，刘波心甘情愿地担起了奶爸的职责。这一次，为了让妻子专心比赛，刘波没有到现场为妻子加油助威，而是和一起女儿守着电视观看比赛，当冼东妹战胜对手的那一刻，电视机前的刘波流泪了。

杨澜	你比赛的时候，他们也坐在电视机前，你得了冠军的时候，有记者拍到刘波足足有四五分钟在那里哭，说不出话来。你听到以后能感受到他那种情感吗？
冼东妹	完全可以。后来他们来的时候，把 11 号的报纸拿过来给我看，我看到报纸上我自己在哭。我一直心里特别有感触，我非常能理解他，的确他也付出了很多，你说作为一个男人，在家带女儿，老婆又不在身边，虽然有保姆在，但是他特细心，天天中午都要回来，开车回来，做好饭又去上班。
杨澜	别人都会觉得，你是一个很有进攻性、很强悍的女运动员，但是广东人对于女孩子的培养有自己特别独到的规矩，比如说你需要很贤惠、需要会煲汤等等，那在生活中你到底是一个什么样的妻子和母亲呢？
冼东妹	我觉得我是比较贤惠的。我自我感觉煲汤很好。
杨澜	你煲什么汤呀？
冼东妹	鸡汤、鱼汤，还有猪脚花生煲这些汤，但是我不会做菜，就只能刘波做。煲汤他肯定没我煲得好，但烧菜他肯定比我好。
杨澜	有的时候太太比丈夫出名，这个时候你会怎么样来照顾他的面子？其实

男人的面子也很重要。

冼东妹 我什么事情要征求他的意见，不自己做决定，他不愿意做的事情，我从来不强求不要求，我也有我的意见和想法，但是让他自己做决定，所以我们两个一直相处得比较好，他也不会说你要怎样怎样。

杨澜 他平时很疼你吗？

冼东妹 应该是很疼。

杨澜 他做过最浪漫的事情是什么？

冼东妹 卖礼物，卖戒指，可以说是结婚那一刻吧，他说有一份很神秘的礼物让我找，我最后没有找到，结果他放到了床上。

杨澜 放到最显眼的地方，但你最后没有找到。

冼东妹 放到枕头上，还挺特别的，我说。

杨澜 好，那么现在奥运会结束了，这回你是真打算退役了——不会下一届奥运会你又冒出来了吧？

冼东妹 什么可能都有的，一切皆有可能。

杨澜　　　一切皆有可能，现在不能随便就把路堵住对不对？

冼东妹　　对。

杨澜　　　接下来一定会好好地跟老公孩子过一段，让他们感到你的温存。

冼东妹　　是，肯定有一段时间跟他们待在一起。

扛着球队往前冲

姚　明

08

姚　明

中国男子篮球运动员

出生于 1980 年 5 月 12 日

身高 2 米 26

体重 141 公斤

作为中国篮球队的核心人物，他与他的队友在 2004 雅典奥运会和 2008 北京奥运会上取得男篮比赛的第八名。在 2008 年奥运会火炬传递活动中担任火炬手，并担任了中国代表队的旗手。

■ 姚明

■ 张娟娟

■ 菲尔普斯

■ 龙清泉

■ 仲满

■ 霍尔金娜

在奥运会期间，我们的注意力常常是被金牌牵着鼻子走，但是有这样一个比赛项目，国人明明知道没有获得奖牌的希望，但是关注度却是有增无减，这就是男子篮球。经过了六轮的比赛，中国男篮以进入八强的成绩结束了此次的奥运征程，这个成绩与四年前的雅典奥运会可以说是完全一样的，但是真的一样吗？

没有奇迹，尽管男篮本场所有队员全部上场，在观众的欢呼中拼到最后，中国还是68∶94不敌立陶宛队。终场前4分钟，姚明被提前换下，坐在板凳上看着中国男篮走完了北京奥运会的最后一段旅程。四年轮回，中国男篮和雅典奥运会上一样负于立陶宛，最终还是只收获了第八。

杨澜 这一次男篮获得的是第八名，跟雅典奥运会是一样，教练尤纳斯就说，他觉得特别没有成就感，甚至觉得很遗憾，说上次第八，这次还是第八。你的感觉是什么？这两个第八一样吗？

姚明 这两个结果当然是一样，都是第八，但是从过程来看，我想这一次更具有意义，你可以看到更多的希望。上次第八，2004年的时候，应该说我们过程打得挺难看的，有几场是大比分落败，大家的评论也不是很好，对我们球队的面貌都抱一种怀疑的态度。

杨澜 你还有一次发火了。

姚明　那是第一场。

杨澜　当时发火的原因是你觉得大家不够拼命。

姚明　不够拼命。当然，现在回想起来，我可以用更好的办法去处理这件事。我也不用去解释什么，那个时候24岁，24岁就会办24岁的事情。总的来说，到最后打塞黑的时候，才鼓足勇气把世界冠军拉下马吧，有些偶然性地进入了前八，虽然最后的结果和今年是一样的，但确实过程是一种煎熬。但是这一次不管输、不管赢，你心里面有一种非常畅快的感觉，因为和队友一起在场上拼命，你为了球队可以取得胜利尽可能走得更远，你会有一种心心相映的感觉。

的确，同为第八的结果不能抹杀中国男篮在本届奥运会上的出色表现。比赛前，中国队抽到下下签，被分入死亡之组。美国、西班牙、安哥拉、德国和希腊，这些中国队在小组赛的对手，除去安哥拉，几乎每一个都具备了世界前四的水平。但是从第一场对抗"梦八"开始，到最后血拼立陶宛，每场比赛他们都展现出自身的血性，每场比赛都得到了所有人的尊重。

杨澜　我很想知道在第一场比赛跟美国队硬碰硬的这场比赛之前，你和队友们大家相互鼓励的话是什么？怎么来面对这场比赛？布什也坐在那儿，美国队这次也是想赢回他们失去的荣誉和尊严。

姚明　当时我在入场之前就把大家拢到一块儿，我们一般都是大家把手放在一起，喊"中国队加油！"我感觉我应该说点什么，我就说我们把手放在一起，就是说我们把自己交给这支球队，同时把这支球队扛在自己的肩上，把这支球队举到自己可以举到的最高的地方，就是这样，这就是我们来到这里的意义。

杨澜 跟美国队的这场比赛,你觉得什么时候整个队打开了?是一上场就觉得打开了吗?

姚明 一上场就打开了。

杨澜 没有任何心理负担,就拼呗。

姚明 对,因为胜负没有任何悬念,我们知道我们到最后难逃一劫,就是这样的,这场比赛我们的实力比较悬殊一些,但是我们想的就是能拖多久就拖多久,一定不能让比分拉得太开,就是这样,毕竟是我们的奥运会,这是我们的地盘。

杨澜 当时主场的气氛对于你们的情绪有一种什么样的影响?

姚明 你可以说我们跟观众产生了一种共鸣,我,我们也代表国家队在中国的土地上和其他国家队打过比赛,但是从来没有一次像这样受到过热烈欢迎,真的是震耳欲聋。你可以感觉到那些观众的踩脚、鼓掌和叫喊的声音通过空气、通过地板直接传到你的身体里面,你感觉这些能量直接转化为你的力量。

对美国队输球不输人后,人们开始对这支中国男篮充满希望。然而,在与强敌西班牙的比赛中,中国队却在带着 14 分优势进入第四节的情况下被对手实现逆转,加时赛惜败于对手。

杨澜 西班牙的这场大赛完了以后,是不是有点儿懊恼和沮丧?

姚明 是。

杨澜 大家可能一开始觉得并不一定就能赢人家,但是的确是有赢的希望了……

姚明	应该说最懊恼的时刻是当天晚上，一直在想赢下来多好，赢下来多好，赢下来多好。确实像你说的，开局的时候没有想可以赢这场比赛。然后，打到半场的时候，就感觉他们会追上来，我们必须咬住，必须咬住，必须咬住，就是这样的，但是到最后确实想赢了，你知道一旦想赢的时候，想法一多的时候，就会……
杨澜	就会有点变形了。
姚明	有点变形了或者怎样。打完球输了之后，心里面有两种……你不可避免地肯定会懊恼，为了这场比赛的失利。但是另外一种想法是我们得到了我们想要的东西——球队的自信心，我们可以带着这种自信心去面对后面必须拿下的两个选手，安哥拉和德国。
杨澜	后面的几场比赛中最艰难的是不是跟立陶宛的这一场？
姚明	那场比赛是很艰难，因为它决定了我们是不是会有历史性突破，但最后的结果还是让我们有些遗憾。
杨澜	分差还是挺大的。
姚明	对，毕竟立陶宛还是老牌劲旅，我们和别人的差距恐怕不是十年可以转得过来的。
杨澜	你跟我说这个差距在哪儿？我作为一个观众，我看的时候就觉得最后他们三分球进得如有神助的感觉。
姚明	我也想说说这个，立陶宛是一个小国家，我们有那么多人为什么锻炼不出来一支比他们更好的的球队呢？虽然它是一个小国家，但整个欧洲的联赛是混合在一起，在互相之间培养队员，像奥运会这样强度的比赛，他们恐怕每年会碰到四十场以上，而我们每四年就这五六场，差距就在这儿。
杨澜	缺少历练了。
姚明	对。

姚明非常清楚自己球队和世界强队的差距，而这些差距早在他去 NBA 的时候就已经认识到了。

杨澜　说到这几年在 NBA 的历练，你觉得今天的姚明发生了什么样的变化？你觉得这几年在 NBA 你成长得最大的一块是什么？

姚明　表达能力，我认为。我认为如果——我不用太谦虚——别人说这支球队以我为核心，核心并不仅仅体现在你场上的能力，你能得多少分，你能抢多少篮板，你能为球队有多少数据上的贡献……

杨澜　还能？

姚明　还有就是你要让你的队友知道你坚信什么、你相信什么，你相信这场比赛你可以带领他们取得胜利。这要看你怎么样来表达了，你要用你的话语权和场上表现出来的积极性去告诉他们，去感染他们。第二点就是表达积的极性，我们中国人比较内敛，说话不太多，像这次奥运会进场之前我说的话，我认为是在美国熏陶后得到的一些东西，我认为需要表达出来，让他们知道我们应该去坚信一些东西。

杨澜　其实这种情感的交流也能够让大家更默契地成为一个团队，这是不是在国内打球的时候不太重视的一个方面——说什么呀？就打呗！但是其实说很重要。

姚明　你要让场上始终有一个声音在那里，人很累的时候，就会失去一些方向感，你这时候需要有一个声音去……

杨澜　提醒他们。

姚明　带领他们。有时候不一定是我，因为后卫也会说话，像我们最老的队员李楠，他在这方面也非常的优秀，所以他也会去说。他今年奥运会上场的时间不是很多，但是他确实帮了我很多忙。我不知道中国适不适合说这个，但是 NBA 的时候有更衣室老大，虽然你是球队里面最优秀的球员，但是在更衣室里面有话语权的有时是最老的队员，他在说话的力量、分量更大一些。

这个一直响彻球场声音，形成了中国男篮最强大的向心力。姚明不再是自己一个人扛着这只队伍挣扎前行，队友们的肩膀帮他减轻了负担。

姚明　　我想说的就是这支球队从这届奥运会开始真正地变成了一支球队，每一个人都在挺身而出，去负担起这个球队里面的压力。

杨澜　　你能举一个例子来说吗？

姚明　　我可以这样举一个例子：我在防守中的注意力可以更加集中了，而并不是分散了。为什么呢？原来国家队比赛的时候，我经常分散注意力，我除了要管好自己，我必须要去管很多并不需要我去管的事儿。比如说我怕有人突破进来了，这个篮板会不会漏，他们会不会突然把球传进来，我这儿是不是要稍微招呼一下……

杨澜　　你觉得有一点眼观六路耳听八方的那种感觉。

姚明　　我今年感觉我可以专注，我就管好我自己的人和我自己应该管的区域，这边我的队友一定会帮我负责好的，而且一旦哪个地方出现漏洞，我如果扑上去补的话，一定会有人帮我补，一定会有人来帮助，我去帮助别人的话，一定会有人来帮助我，我们每个人都可以放心地把自己的后背留给自己的队友，就是这样的。

杨澜　　就是有兄弟们在一起的这种感觉了。

能够以无比的勇气杀进前八，中国男篮的确并不遗憾，但对于姚明个人而言，始终无法以百分之百的状态出战这次奥运会，也许才是他的最大遗憾。今年 2 月，姚明受伤的噩耗出来，就像一个晴天霹雳，那时人们最关注的是姚明恢复需要多长时间，是否会影响出战奥运。

杨澜　在赛前你的左脚也受伤了，哪个部分受伤了？

姚明　是连接脚掌和踝骨的那块骨头，那块骨头非常小，有点像手腕上的周掌骨，这块骨头血管比较少，所以它恢复比较慢。

杨澜　这么惨，但是那个时候心里有一种很强的信念，就是希望在奥运会之前，把伤治好。

姚明　对，那个时候我首先很对不起火箭队，一个赛季报销掉了，打了五十多场比赛，还剩下的二十多场就报销了。但是当时想着北京奥运会千万千万不能错过，准备了那么多年了。

杨澜　为什么？仅仅是因为它在北京？在中国？

姚明　确实是因为在北京，如果不在北京的话我恐怕不会那么拼命地恢复了。毕竟在北京，意义不一样。当时医生告诉我说你这个赛季报销了，我还以为他开玩笑，我说你没开玩笑吧？他说没开玩笑。我们那个医生很有意思，他是学神学的，然后再转到医学，所以他从来不说谎，他是这样的。后来我当时第一个反应就是说你千万千万记住了，把我治好，我要出现在北京赛场上，他说这个我是有把握的，我当时心里的一块石头就落地了。

四年三次大手术，脸上缝的针数已经达到了 63 针，身上更是有 10 个部位遭到程度不同的伤病的困扰。对于 NBA 里有名的劳模姚明来说，近年来他因为伤病缺席比赛的次数越来越多，而这次手术，无疑是最漫长的一次。

杨澜 在你可以想到的运动生涯当中，有没有五个月没有训练的历史？

姚明 从来没有。

杨澜 所以第一次遇到，又是在大战之前，这种有劲但使不上的感觉究竟是什么样的，你给我们形容一下。

姚明 其实说五个月是有些夸张了，因为并不是五个月完完全全一点儿都不能训练了，大概第六周前我是完全不能训练的，从第六周开始可以去练力量，可以去骑自行车，可以做一些轻量运动，但是不能给这个脚施加任何的压力。实际上这个运动量和正常的运动量是不能相提并论的，但是时间确实很急，天天掰着手指头过日子，每天都希望从医生那儿听到好消息，恨不得每天去拍一张 X 光片，用一把尺子量着骨头长了多少。

杨澜 每天早上都要看自己的这只伤脚，你心里会想点儿什么？

姚明 每天早上最担心的，一个是骨头有没有长好，第二体重有没有长。

杨澜 所以，你那段时间实际上对自己的饮食还要特别的关注，是吧？就怕躺了几天之后长了好多磅。

姚明 对，经常是天天捧着绿茶跟着一个老头到处晃。另外，运动员饭量比较大，而我那时候开始控制饮食，半夜里经常是实在睡不着，起来到厨房，冰箱打开，把菜拿出来闻一下，再放回去。

杨澜 医生通知你说你的脚现在可以开始训练了，伤已经好了，这是什么时候？

姚明 忘了确切是哪一天，大约是手术之后将近 22 周、23 周的时候。我定期会做一个检查，每次检查下来，医生就是说大概什么时候可以训练了，但是再检查的时候，他就说可能延后一些或者可能会提前一些，所以你的心情就随着他给你的结论一直在变化，到最后我软磨硬泡，说差不多了吧，很巧，那个医生是我邻居，他的房子离我的房子大概就是走路两分钟，一个社区的。我整个儿是死气白咧地磨，他就说，好，行了，回去吧。

杨澜 　行了。

姚明 　我说谢谢，今后我不会在医院里看见您，我只会以邻居的身份来拜访您。

杨澜 　所以特高兴地就跑回去了。

姚明 　对。

杨澜 　刚刚开始恢复训练的时候，是不是觉得在体能各个方面挺难的？

姚明 　确实很难，因为除了体能的下降之外，你还有一种挫折感，感觉原来做得非常轻松的一些动作，现在做得怎么那么累，你会对自己产生一种怀疑，怀疑你是不是还能回到原来的那种状态，每次训练都会有这种心理。我做过三次大手术，都在同一个脚，第一次动手术的时候最没经验，我那次的挫折感是最大的，我回到国家队，连一个替补中锋都打不过，我那时候想，我还能回到 NBA 吗？然后第二次，因为有了经验，所以稍微好一点，这一次医生提醒过我，这是你受过的最重的伤，所以你要做好思想准备，恢复的时候会非常艰难的，所以那种挫折感又回来了，确实是很难。

杨澜 　很难受的一种感觉。

姚明 　很难受。

　　在本届奥运会的 6 场比赛中，除了输给希腊的那一场，其他的 5 场比赛姚明的上场时间都超过了 30 分钟，而我们也总是会在下半场看到他弯着腰，两手扶膝的喘气。毫无疑问，在大伤初愈后，姚明的体能正在制

约着他的发挥。好在男篮队兄弟们都有着出色的发挥，大家合力带领中国队走进了八强。姚明的这个结果比起他的老乡刘翔似乎好了很多，但是近年饱受伤病困扰的姚明比谁都明白刘翔因伤退赛的痛苦和无奈。

杨澜　我想问的你最后的一个问题是，你怎么看待这一次的刘翔退赛？

姚明　我认为他做了正确的决定。如果受伤的话，特别是如果这不是你最后一次比赛的话，为长远考虑，应该退下来。

杨澜　有人说……

姚明　而且说实话，哪怕是最后一次比赛，你也要考虑到，不作为运动员的话，今后的日子你还要怎么过，不仅仅是你自己，你的家人怎么办？像我现在结婚了，我要照顾我的老婆，以后还有孩子，就是这样。我认为应该从这方面多考虑一下，国家荣誉是非常重要，我相信刘翔如果伤好了的话，还会为我们国家争夺很多的荣誉，为他自己赢回很多很多的荣誉。北京奥运会他退赛是非常非常可惜，但是我的想法就是这样，他的退赛是一个绝对正确的决定。

杨澜 但是也有人说，哪怕走的话，也应该走到那个终点，来表示我参加了这场比赛，完成了这场比赛。

姚明 他站到了起跑点上，他已经参加了，如果刘翔这样走下去的话，如果出什么事，最后负担后果的是刘翔自己，而并不是说这些话的人。

杨澜 在这个事情之后，你有没有找到机会跟他交流一下？

姚明 有，我们有两次私人的交流。

杨澜 你主动去找他的吗？

姚明 对，我打电话安慰了他一下。但是他看得比较开，因为是年轻人，想得比较开，但是孙指导，就是他的师傅的压力比较大，我希望大家再给他们多一些时间，给他们多一些理解，想一想他们曾经为我们祖国赢得了什么样的荣誉。应该这么说，伤病是金牌的代价，就是这样的，金牌是很多的代价换来的，伤病是其中之一。

虽说金牌的代价是伤病，可对于不论是只获得第八的姚明还是因伤退赛的刘翔来说，他们距离金牌似乎都那样遥远。好在，这次奥运会上，人们已经开始明白，金牌其实没有那么重要，精彩的比赛、顽强的精神、温暖的感动才是最重要的。

我 爱 跳 水

周继红

09

周继红

08. 2. 28

周 继 红

中国跳水队领队

出生于 1965 年 1 月 1 日

身高 1 米 56

体重 50 公斤

1984 年洛杉矶奥运会女子 10 米跳台金牌获得者，2000 年起担任中国跳

水队领队。2008 年北京奥运会上中国跳水队获得了 7 金 1 银 3 铜的成绩。

美丽的水立方见证了许多奇迹的产生,这其中的一项就属于中国跳水的梦之队,七金、一银、三铜的成绩,不仅是中国跳水队获得的最好成绩,在奥运史上恐怕也是独一无二的,有了这么优异的成绩,领队周继红却觉得有所遗憾,她遗憾什么呢?

北京奥运会上,中国跳水梦之队战绩卓越,从第一场比赛就开始不断地给国人带来一个又一个的好消息。最后一场比赛,男子单人十米台,最后一跳前20岁的小将周吕鑫还领先第二名的澳大利亚选手马修·米查姆三十多分。所有人都以为,跳水队包揽八金的梦想就要实现了。然而,一次失误令周吕鑫仅以74.80的分数结束自己的表演,随后眼睁睁看着马修近乎完美的一跳,金牌就此旁落。一旁的跳水队领队周继红,此时只能低头黯然离开。

杨澜　很多人在我们丢掉了男子十米跳台这枚金牌以后都说:"哎呀,我们这个梦八队,这个包揽八项冠军的梦想,差一步,留下了遗憾。"你自己真的觉得这是一个遗憾吗?

周继红　我想可能遗憾的不是我一个人吧,可能那天在场的观众,还有坐在电视机前的朋友们,关心跳水的朋友们,对最后那一跳都会有遗憾。对于我来讲,当然是非常遗憾,因为毕竟在跳这个动作之前,他领先了32.5分,在这么大的分差的情况下……而且最后一跳一般都是运动员相对来讲比较稳定的动作，那么，这一场没有把它给拿下来，确实感觉有一点遗憾。但是对于中国跳水队来说，能够夺到七金一银三铜已经是很不易了，大家都付出了很多。所以，遗憾中我们还是感到很愉快的，觉得这一届奥运会，我们还是非常成功的。

杨澜　　但是你想到周吕鑫最后一跳会丢这么多分吗？我觉得小孩子也挺不容易的。

周继红　　是，我觉得都付出得挺多的，最后一跳他没有能够发挥出自己的正常水平，确实感到很遗憾，也有很多值得总结的地方。实际上为这一跳，我自己也经常在自责。

杨澜　　为什么？

周继红　　因为最后一跳的时候，我不知道我上前去鼓励他一下最后会是什么结果，但是当时我犹豫了一下，没有上前去给他一点鼓励的语言。所以我总是感觉我这个犹豫……这两天我一直在自责。

杨澜　　有的时候可能鼓励反而也会成为压力。比赛的时候心态是非常微妙的。

周继红　　是啊，但问题是，你没有这种举动，那你感觉到自责了嘛，如果说你上去了，你没有任何后悔的话，你可能就不会自责了。

杨澜　　你看我不是领队，我不是教练，我不是运动员，所以我相反可以比较逍遥地说，留一点遗憾也没有什么不好的啊，如果把八金都得了，其他国家比得多没劲啊。

周继红　　是，实际上……

杨澜　　留一点遗憾吧，要不然下一届奥运会怎么比啊？

周继红　　是，留点遗憾。这几天，了解我的朋友，包括领导，都在说刚才你同样在说的话，你拿了七金了，已经够辉煌的了，已经创造了中国跳水队的历史了，你应该感到骄傲和自豪。但遗憾的是，那么大的分差缺没有能够把这块金牌拿下来，我觉得可能最遗憾的是这个。如果说比分一直偏得很厉害，或者是前面要输一点，或者是只领先一点点的话……

杨澜　　　但是人家马修确实很好。

周继红　　确实。

杨澜　　　他最后一跳也是得到近年很少有的高分了。

周继红　　那个动作就是他的拿手动作，应该说他是全世界男子十米台这个项目上面，5255B3.8的难度跳得最好的一个运动员。这是公认的，所以他能拿到那个分，我觉得是理所当然的。

杨澜　　　你说过这样的话吗，金牌越来越多，反而离八金越来越远了？

周继红　　怎么讲呢？现在跳水的世界水平发展得越来越高，能够拿七枚金牌，那也是因为我们十年遇到这么一批运动员和教练员，整体实力比较强，最主要的，我们还是东道主，可能以后机会就比较难得到了，再要实现取得八枚金牌的理想的话，可能难度就更大。

最后一刻，中国跳水队错失了史无前例包揽全部八枚金牌的完美结局。但七枚金牌依然超越了过去任何一届奥运会，跳水队，无损梦之队的辉煌。实际上，周继红很能理解周吕鑫的紧张，因为对每场比赛都要操心的她来说，八场比赛，她那颗提起的心就从未放下过。

杨澜　　　在这八场决赛当中，最让你紧张的，就是心老一直提着的是哪一场？还是场场都如此？

周继红　　实际上每一场都挺紧张的。至于最紧张的那场呢，可能我说出来，你或大家不一定相信，我们开赛的第一项，女子三米板双人，正常来讲的话，这个项目我们还是非常具有夺冠军的实力的。

杨澜　　　是啊，郭晶晶、吴敏霞。

周继红　　对，对手实际上也就只有一对，俄罗斯的帕卡林娜那一对。那么，为什么这一场我比较紧张？因为它是开赛，开赛如果不顺的话，可能会给后面带来很大的问题，所以说在这一场比赛开始的时候，我心情特别紧张，虽然郭晶晶、吴敏霞很有实力，但是我总是担心，老是怕这一场拿不下来，而且俄罗斯这一对也是具备实力的，所以说我对这一场还是比较担心。

杨澜 男子的三米跳板，双人的，也是你觉得特别意外的吧？男子双人三米跳板，这块金牌也是上一届我们没有拿过的，所以这应该也是分量很重的一块金牌。

周继红 上一届男子三米板双人在最后一跳领先 12 分，将近 13 分的前提下，自己跳了 0 分，应该说当时那个动作，大家都知道，只要头朝下就应该能够把这个冠军拿下来。但是由于运动员比较紧张，跳出了他从来没跳过的 0 分的动作，我们感觉到都……

杨澜 都傻了。

周继红 对，不能想象嘛。因为上一届在这个项目上面出现过这种情况，而且也是前三个项目的双人都夺取了金牌，最后一个双人没拿到，所以说这个项目比赛时我就上场了。一般情况下，我很少上场去跟教练一块儿去指挥，平时都是教练指挥得多，平时训练中，我基本上都在场地旁边。也是因为有上一届奥运会的情况，所以我就想能够给他们一点信心、鼓励。

杨澜 那你上去，他们会不会更紧张啊？

周继红 我平时训练中也会跟教练员一块儿讲动作，尤其是在双人训练上面，我相对讲得多一点，因为有时教练员给不同组的运动员讲动作，相对比较婉转，我可能就比较直接。

杨澜 那天你在比赛之前跟两个选手说什么了？

周继红 主要是还是讲一些鼓励的话，技术动作还是教练员讲得比较多。在最后一个动作时，大比分已经领先了 30 多分，我有点担心秦凯，因为在平时训练中在王峰左板跨的步子不是很好的情况下，他会停下来，不跳。

杨澜 两个人要是不同步了就不可想象了。

周继红 对呀，他要是不跳就是 0 分呀，所以在跳最后一个动作的时候，我就跟他们说，你们只要跳下去就行。他们两个人都笑了。

杨澜 要求也太过于简单了，是吧？

周继红 对，但是有时候往往他是那种下意识地不跳，他不是说我跳不下去。在济南我们封闭训练，秦凯已经有几次这种情况，由于王峰左板晃了一下，他就停下来了，王峰跳下去了，他没跳。在水立方赛前训练的时候……

杨澜 也出现过一次？

周继红 也出现过一次，我也说过他。他连续在一个半月出现了很多次，所以我就必须要提示他，你就得要跳下去，如果说你不提示他，他真的停下来了之后……

杨澜 不可想象。

周继红 真的是没有办法去想象。

杨澜 我们看到陈若琳获得十米跳台冠军的时候，你几乎是蹦着跳了起来。为什么那个时候你会有这么激动的反应？

周继红 我想可能有两个原因，一个原因是前面已经夺取了六项金牌，那么她这一项能不能拿下来，关系到能否超越上一届。

杨澜 所以到了结骨眼上了。

周继红 嗯，还有就是因为自从我当领队十年以来，两届奥运会女子十米台单人没拿过。

杨澜 哦，这两届都没有拿吗？

周继红 2000 年和 2004 年都没能拿，所以说我总想实现这个愿望。比赛过程中，在最后一跳落后 1.65 分，而且她年龄又比较小，小孩 16 岁，不知道能不能顶住当时的那种压力。全场的气氛比任何一场比赛都要热烈。我也特别担心，但对她也是有信心的，因为陈若琳这个运动员意志品质非常顽强，每一堂训练课她都非常认真地去面对，她是最刻苦的运动员，所以我对她还是充满信心的。但是在那个时刻，我又比较担心，拿了，当然实现了愿望，没有拿的话，可能又要失望。因为女子跳台碰到一个优秀的选手不容易，我们在这十年过程中，实际上有很多优秀的选手，也培养出来世界冠军、世锦赛的冠军，但是都没有能够在奥运会上面有所作为，我感觉特别遗憾，而且这个项目又是我第一次参加奥运会夺取的。

杨澜　　你当年就是练这个项目的。

周继红　　对。我特别想实现这个愿望，所以说最后拿下来之后，就感觉特别兴奋。

很多人可能都不知道，中国跳水的第一块奥运金牌就是周继红拿回来的。1984 年洛杉矶奥运会上，19 岁的周继红，以撼人心魄的艺术美和妩媚的东方式微笑征服了裁判，征服了大洋彼岸的观众，拿下了金牌。回忆当年，周继红说，其实自己也曾经在跳台上紧张得发懵过。

杨澜　　虽然你是坐在裁判席上，或者是坐在领队席上，但是会不会自由自主地想到自己站在那个跳台上的感觉，1984 年洛杉矶奥运会你夺得女子十米跳台冠军，那也是中国第一次在这个项目上获得奥运会金牌，能给我叙述一下当时的感觉吗？

周继红　　实际上 84 年奥运会的时候，整场比赛我不是很紧张。

杨澜　　不是很紧张？

周继红　　就是说心态比较好，因为我经历了 1982 年世锦赛，那是我第一次参加大赛，心情特别紧张，那时我的训练水平应该说比 1984 年高，但是没有能够发挥出自己的水平，因为第一次参加大赛，过于紧张，脑子里面都是一片空白。从头到尾比赛下来之后，自己都不知道自己怎么跳的，而且教练都说我紧张，我还辩解说我没有觉得紧张。

杨澜 你在那个时候会……比如说发抖吗？觉得跳不动了？

周继红 抖倒没有，就是人对动作没有想法，不会去想东西，也不知道自己站在那儿摆臂起跳和入水是怎么样下来的，没有任何感觉。

杨澜 就懵了，就懵着跳下去了。

周继红 对。

杨澜 因为自己有过这样的运动员的经历，对于今天站在十米跳台上的那些年轻的选手们，会更多地有一种理解。

周继红 对，是这样子。因为跳水这个项目非常苦，每天都是从早晨 6 点起床，天天如此，除了星期天。

杨澜 还没有一个项目的运动员坐在这儿跟我说他的训练不苦的。

周继红 是，是这样。但是好像我们这个项目更苦一些，更磨人，它是一个比较磨时间的项目，经常会练得很晚，有的时候有些女运动员还得要降体重。因为你在生长发育的时候，如果体重不控制的话，水平很难保持。

杨澜 在这个方面你是不是挺厉害的？我看得出你非常严肃地谈这个问题。

周继红 是，因为这个问题对于我们跳水的女运动员来讲，是再严重不过了，如果这一关过不了，她不可能成为一个优秀的运动员。

杨澜 如果你的女队员——她们还都是十四五岁或者十五六岁的孩子——要吃点甜食什么的，被你发现了会怎么样？

周继红 实际上现在不像过去那么严厉，可能跟她们讲道理比较多一点，一般情况下，就是会关注她们的体重会多一些，因为我眼睛特别厉害。

杨澜 我看得出来。

周继红 一到训练场，她们长一斤，我就说，你今天长体重了，可能长一斤或者两斤。

杨澜 真的啊？

周继红 一称体重就是长了一斤。

杨澜 真的啊，我的天啊，能够称体重的眼光。跟我说说你在队里立的规矩是什么，比如说哪些方面你是非常强硬的，哪些方面你是可以松动的。

周继红 可能在纪律方面，应该来讲，要强一点吧，因为我们这个队伍优秀运动员太多。

杨澜 明星运动员很多。

周继红 对，如果说一个队伍优秀运动员这么多的话，在管理上不严，可能会造成很多的麻烦。首先肯定是运动成绩上不去，大家都说，向管理要成绩嘛。还有一点就是人心比较散，比较难管理，训练可能也会受到很大的影响，所以应该说在管理上面要严，在训练上面、技术上面也要严。

杨澜 你是不是也特别想证明，就是一个女的领队，看上去比较很温柔，整天很随和的，也可以做到很强硬的管理。你在一开始做领队的时候有没有一种要证明"我也是可以很强有力"的想法。

周继红 没想过这个问题，可能自己性格就是这样子吧，我没有想过说我非得要多么强硬，有的时候遇到了事情你不得不……自然而然地就是这样子。

杨澜 同样回到刚才那件事情，很多人就会说，那周继红你可以放人家一马呀，比如说小孩子，本身年纪都不大，就算出点错，你都可以原谅人家，为什么一定要把这个路给堵死？

周继红 是啊，你这个问题也确实……虽然没明提，但是也很尖锐，是吧？我刚才也说了，因为这支队伍有太多优秀运动员了，如果说在管理上面不这样子去做的话，给我们后面会带来很多困难，包括这一届奥运会，我们参赛 10 个运动员，9 个运动员拿了冠军，接下来实际上……

杨澜 接下来怎么管？

周继红 管理就是一个问题。所以这两天一直开会都在说，过去的都已经过去了，真正要从零开始，你们不能躺在荣誉的光环下生活，你们还要不要再练下去，这就是摆在你面前的现实。

作为一个态度强硬的管理者，周继红的工作不免会引来一些非议。而这次家门口举行的北京奥运会，更是让她感受到了前所未有的压力。

杨澜	在备战奥运的这几年当中，我相信你的压力不会比任何一个运动员小。你自己最难过的是什么时候？
周继红	可能难过的时候是人家的不理解吧。
杨澜	其实人都不是怕吃苦，都是怕受埋怨。
周继红	对。
杨澜	任劳任怨，任劳是容易的，任怨不太容易。
周继红	对，因为我们从小干体育，有这种吃苦精神，既然走上了这一条路，也经历了这么多年，只有吃苦你才能够到回报——也许能得到，还不是成为正比的。但是不能被人理解，或者有些东西不是实事求是，感觉自己受到委屈的时候，会很难过。
杨澜	什么样的事情会让你有这种感受呢？
周继红	因为竞技体育很残酷，不是说每一场比赛都能表现得淋漓尽致，或者是让所有人满意，在这种情况下，有一些队伍的情况可能又不被人家了解，也没有办法说得清道得明，那么可能就不被人理解。
杨澜	那你说的是哪一场比赛呢，让别人不理解你？
周继红	我指的不是哪一场比赛，我指的是这个意识，整体的这个意识，比如说我们有一些项目，在这个比赛中没有能够夺取金牌，也许会有一些非议，或者不能被人理解，你又不能去辩白，你只能是承受。

杨澜	为什么不能辩白呢？
周继红	我怎么去辩白呢？辩白得清楚吗？说不清道不明的。
杨澜	找一个记者说清楚呗。
周继红	一般你看我很少去辩白。
杨澜	对。为什么不？
周继红	我觉得辩白没有意义，还不如用行动去做，因为体育就是要用行动去做出来的，你说什么没有意义，我觉得。
杨澜	其实这次男子十米台的金牌失去以后，有人也会翻出一个旧账。
周继红	就是这样子的。
杨澜	比如说如果当初某某某运动员还能留在队里的话，也许把握性很好，也许他在这两年的运动成绩还是不错的，那个时候其实矛头会指向你？
周继红	这种事情太多了，我好像已经习惯了。
杨澜	那你怎么面对？一开始不习惯的时候，也会委屈？
周继红	对，就慢慢地锻炼自己吧，磨炼自己吧。另外，这么多年来，有时候我反而挺感激一些不同的声音的。为什么这么说呢？可能它更能激励着你不断努力吧，如果大家都说你好的话，可能你也自己就松懈了，思想上面可能就没有那种要奋斗，一定要好好干下去的决心，可能相对来讲……
杨澜	所以你是那种憋着气，跟自己较劲的人，是吧？看上去不像。
周继红	大家都那么说我的外表，可能跟我有时的做法有一些不同。

由于常年在外工作，周继红对今年刚满 15 岁的儿子充满愧疚。然而，在周继红最难过的时候，正是儿子的一条短信给了她最大的安慰。

杨澜	你是一个慈母还是一个严母啊？
周继红	我觉得对我儿子来讲的话，应该还算慈母吧。我儿子挺懂事的，特别懂事，我特别为我儿子感到骄傲。
杨澜	什么让你觉得特别为他感到骄傲的？
周继红	男子十米台的单人不是很可惜吗？他那天也看了比赛。完了之后，我给他打了个电话，我当时就忍不住了，因为这么多年，自从我当了这个领队，就基本上很少管儿子，我当特别内疚，感觉挺对不起他的，当时就哭了。
杨澜	你打电话给他了？
周继红	对。哭完了之后，他就一直劝慰我，要我别哭。后来挂了电话，他给我发了一条短信，我看完之后眼泪哗啦哗啦地流下来，特别地感人。
杨澜	是吗？他给你写什么了呢？
周继红	他就劝慰我，说妈妈没事的，意外总是要发生的，你不要哭了，你以前也跟我说过，哭是无济于事的，他说你也别担心我，我自己会照顾好自己，我会努力的，我不会让你失望的，妈妈别哭了。

杨澜　哎呦，我的妈呀，受不了。

周继红　他当时发了那个短信给我，我的眼泪就像水龙头似的哗啦哗啦地往下流。我应该是一个非常坚强的人，我很少流眼泪的。在这十年里面，可能也就是 2000 年奥运会熊倪拿冠军的时候，我当时在赛场哭了一场，因为前面三项没拿嘛，压力也很大。应该说这十年来，可能那天我是最伤心的，我儿子给我发了短信。

杨澜　也不完全是伤心，我觉得也有一种宽慰和骄傲，是吧？

周继红　就是感觉挺自豪的嘛，儿子能够在这个年龄这么理解我，关心我，我觉得他能做到这一点，我都没想到。

杨澜　你自己的儿子见不着，队里的这些孩子也都是你儿子的年龄。

周继红　差不多吧。

杨澜　是一种很错位的感觉，家里不待，成天就跟这些孩子泡在一起，有时候想想自己做这个职业，到底好在什么地方？

周继红　可能是一生的热爱吧，我从小就搞跳水，也不知道为什么，就酷爱跳水。如果每天不到训练场，或者离开了跳水，我不知道自己会是什么样子。我曾经有五年没在跳水界，在家里面，因为那个时候刚好有孩子，加上有其他的原因，在家里待了五年，感觉特别失落，脾气也挺大的，有的时候会有一些家庭矛盾。

杨澜　找茬儿呗。

周继红　对，那几年人很烦躁。真正开始工作了之后，心情就特别愉悦，再苦再累也不会觉得，我也很少抱怨，或者是说累说苦，有很多麻烦，我都尽最大的努力去想办法给它做好吧，可能也就是因为自己热爱才会有这种决心吧，要不然的话可能很难支撑得下去。

从雅典的 32 枚金牌到北京奥运会的 51 枚金牌，中国代表团的表现，不仅大大超出了很多人的预期，同时也调高了我们的胃口。其实按照东方哲学的观点，有所缺憾才是再正常不过的事情，不然以后该朝什么方向努力呢？有了这一点点的缺憾，在未来的四年中，周继红就更有干劲了。

创 意 无 限

张 艺 谋

2008.8.27.

张 艺 谋

著名导演

出生于 1951 年 11 月 14 日

张艺谋担任了 2008 年北京奥运会开闭幕式总导演。

第 29 届奥运会在闭幕式绚烂的烟火中落下了帷幕。在随后的几天里，各国的运动员和教练员也陆续地返回了自己的国家。位于奥运村附近的开闭幕式营运中心的大楼，原先人声鼎沸的会议室和挂满了草图的设计室，也顿时安静了下来，这让担任开闭幕式总导演的张艺谋，有了一种异样的感觉。

杨澜　　突然之间人慢慢散去了，心里是什么感觉？

张艺谋　它还不是慢慢散去，它是哗一下就过去了。其实以前拍片子，也常常有这种感受，就是工作了好长时间了，一年半年了，最后一停机，第二天飞机票一买，哗这个楼就走光了，常常有这种感受。不过这一次更大一点，范围更广一点。

杨澜　　有失落感吗？

张艺谋　你睡觉起来以后，你想，哎奥运会这就过去了，这就完了——会这么一种感觉。我觉得这个感受有点像我们 8 月 8 号开会的时候，我说你们大家最短的忙了几个月，最长的忙了两三年，我告诉你们，这活儿我忙了七年多。

杨澜　　从申奥宣传片就开始。有一个外界对你的工作理解，就是觉得中国人要办好这届奥运会，百年的期盼梦想，13 亿人的种种期待等等，其实这个世界，特别是全世界的普通的人，没有来过中国，对中国的了解是非常非常有局限性的。但是中国人又特别着急，说我一股脑地……我得把我的好东西全搁您面前，您看看我们多棒……有一种急切的心态和认知度的巨大的落差，其实在不到一个小时内，说什么话、怎么说清楚，这个真是……

张艺谋　选择内容我倒不认为是一个需要苦思冥想的过程，最重要的是如何说。放到任何一个导演手里，谁都知道这个道理：五千年怎么可能在 50 分钟里说完？就是选择最有代表性的，比如说四大发明，比如说丝绸之路。这谁都知道，是个导演来选择内容，都会选择一些经典，大家也都接受。其实不是浩瀚的内容如何压缩，反倒是你是用什么样的形式表现出来。我认为古老的文化遗产、灿烂的历史，要加上现代感的表演，才对全世界构成一种认知，这种认知是什么？这种认知是你们家家底厚，这个认知人家不来中国也知道，五千年文化、东方古国文明——这一点全世界都知道，是个常识。你得用现代感的手法表现，给他一个强烈的震撼。这种现代感很重要，就是大家讲的，运用了很多科技的手段。我觉得这次在这一点上我们坚持得很对，就是这种现代感的表现手段，加上以后它才会感觉到大国崛起。我举个最简单的例子，就是我们那个画卷打开，一个晶莹剔透的画卷，我把它看做开幕式的一个代表信息。一个画卷在场地中央打开了……说心里话，你用传统的舞美装置，你用人海战术……你用任何东西都可以很容易打开画卷，但它不经看。外国人会觉得这是你的文化符号，没问题，我敬礼，但也就是这样子了，我没有感觉到有一种另外的信息。可是我们用的是多媒体的手法，而且你在其他地方没有见过，它是传统的机械和多媒体的结合，所以画卷打开之后，除了视觉上让你有惊艳感，最重要的是让你突然认知到，中国人的用是极其现代的方法，别人都还没有用过，或者说别人还没有这么用过，在小剧场、在前卫艺术的实验剧场里这种形式可以随便玩，但在大广场比较少见。其实那个技术还挺复杂的，它有很多方面要做咬合，要做同步。

杨澜　一开始有什么方面不能咬合的?

张艺谋　很多。比如说两个画轴是 22 米长,两米高,它们要同步地走,要在滑轨上滑开,造成一种缓缓打开的效果,这是一个传统的机械装置,可是22 米长的画轴,走的时候不能歪,这在传统机械上挺难控制的,搞不好就卡。两个轴上是 LED,画面上也是 LED。其实那两个轴是平着走的,但是因为 LED 上的画面在转动,所以你觉得画轴在转。它要跟地面咬合,变成带有绘画感的、美学感的平面两维的视觉效果,还要考虑跟灯光怎么配合、跟表演怎么配合等等。这个画轴打开,凡是做过大型活动的人一看就知道这里面有很高的技术的含量。

杨澜　为什么说十年之内都很难复制我们这个……

张艺谋　我不敢往远里说,我觉得我们的表演做了一个三种事情的结合,这其实是很难的:第一个就是我所说的现代的手法,也就是俗话说的声光电等等多媒体,我觉得多媒体是未来,是新世纪一个主打的东西;第二个就是人的表演;第三个就是我所说的传统的舞台器械和广场装置。人是很重要的一个,通常在使用多媒体时,一定要减员,表达出观念就行了,我们敢上这么多人,并且与多媒体和传统结合在一起,我觉得是很难得,外国人也会有这样的感受……

杨澜　他们不敢这样。

张艺谋　他们可能在多媒体的技术上还会做更厉害的、更新的,但是他们不能上这么多的人跟他一块做。

杨澜　那有人问,艺术跟人多有关系吗?

张艺谋　当然了,我觉得人多就会产生一种非常强大的磁场,人气儿。我们举例来说,我们人类所有重要的东西,都是必须把人搁在那儿才行,我们示威、我们游行、我们集会、我们悼念、我们纪念、我们庆典……哪一个重要的、让我们觉得热血沸腾的瞬间,不都是因为有十万人在那里,一万人在那里，对吧？不管做一个悼念的烛光晚会，还是做一个示威的游行，还是做一个庆典，全世界的做法都仍旧是在广场上集合。所以我老开玩笑说，一百年以后，你想在电影院里看一场电影，那票价是很贵的。你可以关起门来，在电脑上无休止地看的，可是你要想跟一千人同时看一个电影，就要付很高的费用，这就是人和人聚集在一起所带来的生理的感动、心灵的感动，我觉得这一点是人类物种……

杨澜　是社会性的动物。

张艺谋　对，他那个社会性、群体性，是永远有魅力的。

杨澜　那你怎么解释，在雅典奥运会开幕式上，当一个人在一个立方体上漫游的时候，我们看到的是整个人类而不止是一个人？

张艺谋　那是象征。

杨澜　那当然是象征，我想你当时也在现场，他们并没有这么整齐的演员，他们的演员有高有矮、有胖有瘦、有男有女、有老有少，他们不可能像三千儒生都一米八以上，你怎么看待这样的一种反差？

张艺谋　这是另外一种美学，是他们自己美学的一个方向，也是他们的一个传统，这跟我们刚才讲的人多人少不矛盾，他们也有几场人很多。我先说一下，西方人工非常贵，我在西方干过几次大的活动，我知道，我在广场上做过大的《图兰朵》，也是几万人的体育场，我在法兰西的体育场，在德国慕尼黑的……都是踢过世界杯的体育场做过《图兰朵》，我知道它的费用，他们想用人多，你可记住了。

杨澜　用不起。

张艺谋　用不起，他们想要一般高，他们想要一般胖瘦，他做不到，谁都知道，演员外形一样是好的，不是男女老少都上要那个自然。我至今高度评价雅典奥运会，因为我觉得，它用了一个雕塑的表现形式，水完全是观念，把水往那儿一放，观念陈列，然后在水上面表演，最后抽掉水，然后是一个大吊装在空中像一个大雕塑一样分开，我觉得非常好。为什么非常好？就是在传统的广场上，做这种观念性的、前卫性的表演少之又少，大部分的广场表演都是庙会式的、热闹式的。

杨澜 你觉得这种观念没法在中国复制。

张艺谋 没法在中国复制。我在现场看的时候，觉得很冷、很凉，那些游行都是慢慢地走。陈维亚整个睡了一半，我们给他照了很多睡觉的相。我跟陈维亚半天不知道人家在演什么，大屏幕看不见，因为就一个小点两个小点。

杨澜 那时候就反而我们坐在遥远的北京，通过电视看得更精彩。

张艺谋 对，转播对这种点的东西表现得非常好，把这个观念表现得非常好。雅典奥运会，我觉得是一个非常了不起的创造，但是这种经营观念式的广场表演，在中国我觉得行不通，不是不能做，做观念还不容易？

杨澜 怎么就容易？我觉得也不容易。

张艺谋 就不考虑任何人的喜好，不考虑所有老百姓的喜好，就在现场做观念，让那帮文化人鼓掌，我觉得容易，真的容易。好坏再说，那些人鼓掌不鼓掌再说，花巨资做观念还不容易吗？

杨澜 那人家也会说找三千人上来很容易。

张艺谋 我倒觉得不容易，因为你必须在传统的团体操表演中注入新的元素，注入新的感觉，让大家觉得不一样，有东西。

杨澜 怎么让一万多人的表演队伍，看上去不是一个工具，而是活生生的人？这三千个小伙子在舞台上表演，你会被他们整体的气势强烈地感染和震撼，但是摄像机是要推到一个人的特写上去的。

张艺谋 对，8月8号开幕前的两周，我觉得分场编导、每个部门都基本上落实了，已经不用我再对表演指手划脚了，我就抓表情。之前训练了一年，我们都不抓这个，老早抓没有用，训练了一年都是在改动作、改队形、改道具、改服装、改编排。他们老折腾这个事，顾不上表情。8月8号前两周，动作全部妥当了，不能改了，音乐什么的都不能改了，所以就练就完了，这时候我就该抓表情了。

杨澜　你跟三千人都去抓表情了？

张艺谋　对，我把所有带队的人叫来，每一级我都开会，放录像给他们看。很多人没有参加过这种表演，要在广场上跑位，因为是业余演员，他一脸紧张，你看他左顾右盼地也是看着要跑位。他有一个误解：他在广场上演，离观众席都很远，觉得表情无所谓。我就跟他们讲，下面有几百台摄像机、几千台照相机在各个角度照你，但还不能让他们有概念，我就让我们摄像师或者照相的给我拍很多近景，我把它们剪下来，放给他们看：看见没有，你们的脸在这儿，这么大。我说你们一定要笑，因为这是我们的节日。我说现在允许你走错了，动作错了没有关系，很可爱，全部整齐可能也不见得那么好，有时候出现误差是很可能的。我觉得最重要是什么呢？是表情、心情和快乐。因为这是我们全世界人的节日，我们一定要快乐。我也跟他们开玩笑，说我们的动作现在天下第二了。天下第一是谁？北朝鲜的。你看阿里郎，叹为观止，整齐死了，我们已经是天下第二了，除了北朝鲜比我们整齐，全世界没有超过我们的了，所以我说不要再整齐了，我们要的是快乐。后两周我几乎天天讲，每一次开会都讲这个表情、表情、表情。我说一定要当任务，最后转播的时候，还不错，有笑。

杨澜　在活字印刷这个部分结束之后，你突然让所有演员冒出上半身，一开始就是这么设计的吗？还是觉得应该用这样的方式来表达对表演者的尊重？

张艺谋　一开始就是这样设计的，我还没有上升到你说的那么人性的主题。一开始这样设计，是因为我们演得好，就像电脑或者机械控制的，所以别人都不知道这是人操作的，那我们都冒出让他们看我们是人，不是机器，一开始主要是为了这个目的，但是后来我们在排练的时候，所有外国人都喜欢这一段，它不仅让大家看到原来是人在操作的，最重要是这些人冒出来后很可爱。满头大汗很可爱。

杨澜 还特高兴。

张艺谋 特高兴，我们突然意识到这是一个人性的、非常好的点，所以就把它延长了，老外让我们延长嘛，原来我们是 5 秒，后来延长到 15 秒钟。

杨澜 开幕式让我感到非常感动，比如说后面点火的那个地方，还有画轴，包括活字字体那一部分。让我们看到了一种想象力和创造力。浪漫是你很重视的一种情调，但是恰恰世界上很多人认为中国人并不浪漫，而是严肃刻板的，或者是内向迂腐的。会不会有这种……

张艺谋 我们在竞标的时候就说，希望做一个浪漫的开幕式，因为它跟中国人的品质，就是你说的对于中国人的形象，相距甚远。我们的祖先、我们的美学、我们的写意画，我认为是那是最高级的浪漫，不着一字尽得风流，完全就是拿嘴说的，这还不浪漫？你什么都没有看见，但让你去想，根本没有型也没透视，让你去想你还不浪漫吗？全在你的想象当中。中国美学浪漫的这种传统，其实应该大大地用现代手法发扬出来。我们就是这个想法，现在看起来这个想法是对的，它获得了很好的反馈。

杨澜 但我觉得最困难的还有一个，那就是大家都不知道怎么样替代中国篮球队去打篮球，但是几乎全中国每一个人都有他头脑当中的开幕式。

张艺谋 那当然，你说得很对。体育得金牌没话说，就你是最好的，再也不会有二话。成者王，败者寇，我觉得竞技都没有二话，只有文艺表演永远有二话、三话、四话、五话，不可能得到一致的结论。

杨澜 但是开幕式必须被最广大的大众所接受。你再好的想法，大众不接受也不行。

张艺谋 领导特别强调我们要开门办学，所以我们就跟工农商学兵、各界人士、首都文艺界……还选出各种普通人，大妈也有，就开座谈会。每个人发言，我就认真都记下来，回来传达，然后去分析。

杨澜　　有一些什么离奇的建议吗？

张艺谋　那太多了，出招的人特多。中国人特热情，各种招都有。包括搜狐网站、新浪网站等等很多网站做了民意测验，列出问题，让大家回答。我们尽量地去了解老百姓对于开幕式的期待值，但是最后发现，一锅粥。

杨澜　　没法弄。

张艺谋　完全是，各种各样的说法，各种各样的招，你就不可能统一下来。但说是一锅粥，还是有一个味道，就是所有人对它的期待值。

杨澜　　我很想知道在几次预演的时候，鸟巢都坐满了观众，你是不是会非常在意观众们的表现？他们在什么地方表示惊讶了？

张艺谋　我们在控制台那儿待着，对我们来说观众的反应就是一种声浪，你会觉得到这个点上，"噢"，出一种惊叹的声音。

杨澜　　比如那个画轴打开的时候……

张艺谋　我就远远地听那个声浪，细节我不知道，然后有鼓掌，你通过这样的声浪和掌声，你会判断观众会喜欢。

杨澜　　在前两次预演的时候，我也在现场，到唱主题歌的时候，你让两个新的歌手穿着志愿者的衣服来演唱主题歌。

张艺谋　也没唱，就在那儿站着。

杨澜　　就是旋律，他们就在那儿站着，包括我在内，大家都认为那就是替身，只是为了占一个机位的，就没想到，你真打算那么用了。

张艺谋　原来真打算用。

杨澜　　胆儿真够大的。

张艺谋　穿志愿者衣服是两个普通的学生，完全就是学校的学生。这是一个非常大胆的、反传统的做法，我自己最后妥协了，我至今不知道这个妥协是好还是坏，我没有尝试那个冒险，最后我小心了，我收回了这个冒险，我自己也很遗憾，因为我没有尝试这个最大胆的冒险，就是让两个穿志愿者服装的学生唱主题歌。全世界的奥运会主题歌的演唱都不是这样子，服装也不是这样子，人选不是这样子，绝对不是，是很厉害的吧。

杨澜 这个概念是很厉害的，但是大家可能会缓不过劲儿来，会说怎么回事。

张艺谋 也许太反常规了一点。这个方案我很早就定下来了。

杨澜 你什么时候改的？

张艺谋 临时改的，两场以后。

杨澜 你在 5 号才改的。

张艺谋 5 号或者是 30 号。为什么呢？我们预演的时候，有几万观众看，那两位年轻人穿着志愿者服装站到上头时，被所有人认为是两个替身，没有任何反应，而且大家就觉得最后没有高潮，我们怎么办？那我就注意到，大家都觉得两个年轻人穿上志愿者的服装在那儿站着根本不是个事儿。这我就二乎了，观众会这么想：这就是真的呀？就像你刚才说的——真的他们就这么唱了？那会怎么样呢？

杨澜 我觉得真的很难预想。如果是两个小孩，我觉得没问题，忽然两个成人，穿着志愿者的衣服……的确有点儿二乎。

张艺谋 有人说，就是两个普通学生，而且这俩孩子还不是国色天香，也不是天籁之音。都不是。

杨澜 你就是要一个平凡的、真实的人的声音。

张艺谋 当然他们唱得比一般人好，但是绝对没有到那个程度。

杨澜 最后你怎么样决定要把这个主意改了。

张艺谋 暂时没有主意，我们原来联系过很多国外的大腕，后来因为我要俩新人，而且穿志愿者的衣服，一直按这个方案做的，而且当时我们团队所有人都觉得这个主意太牛了，太反传统了。后来，我记得预演了一场还是两场，我忘了，大家提了很多意见，有上百条意见，我们团队的许多人都有些沮丧吧，感觉有些出师不利。

杨澜 你毛了吗？

张艺谋 我倒没毛，从那时候开始到 7 月 30 号，所以人的看法就是没有高潮，后头光地球上头一帮人在那儿转，没有高潮，但是我还是没有想改这个点，因为我觉得它可能是一个非常冒险的点，是一个亮点，就根本没打算改，去想其他的招。我记得有一次我们晚上吃饭，张和平部长坐我旁边，我不知道他是不是深思熟虑过了，他说要不然来两个歌手吧——因为知道这是我的爱好，我就要打这个反传统的牌——可能别人都不敢跟我提，一提我就蹿儿了，我都坚持了很长时间了。他只是淡淡地跟我说，艺谋啊，不要用这两个年轻歌手，我看还是找两个大腕吧，国内找一个，国外找一个，找两个大腕，把这个高潮推上去，高潮不够啊，话题不够。我当时处于苦闷期，对后头的高潮正在没有办法，所以这时候就听进去了。

杨澜　听进去了这话。

张艺谋　我当时觉得也对，拿电话给打音乐总监陈其钢。我给他说了这个，陈其钢电话那头就蹿儿了，我在饭厅里就跟他嚷嚷起来。

杨澜　他怎么说？

张艺谋　你这还能行？到这会儿了你又改主意了，你坚持了多长时间了？你这基本的创意就没有了，这还能行？

杨澜　这不弄成晚会了？

张艺谋　他说这两个年轻人是我们几千个人里面选出来的，我们花了半年多的工夫，人家练的歌都唱完了，都录完了，你说改就改。那不行，怎么可能呢？这太庸俗了。一堆的艺术批判就来了，我就在那儿急了。

杨澜　你怎么急的？

张艺谋　我忘了我当时说了什么，大概的意思是说，那现在怎么办？咱现在后面没有高潮。我跟他急的时候，突然变成了坚持要高潮，我就说所有有利于高潮的因素，都拿来，不管它俗不俗。

杨澜　就俗这一回了。

张艺谋　我突然又返过来了，并且坚持。

杨澜	所以这是一个自我否定的过程，不断地自我否定。
张艺谋	但是我至今不知道，我们如果用了原来的方案会怎么样。我只是有很大的遗憾，像这样的挑战只有一次，如果我们这么反一次，会留下无穷无尽的话题，也可能是失败的，但是奥运会太值得这样做一次了。如果在其他任何一个场合，可能就不管了，管你说行不行，但那时候有点担心。
杨澜	奥运的确不是一个人的作品。
张艺谋	我还得考虑到民众的……我们没有用那个细节去检验中国的老百姓可否接受这样一种反传统做法。
杨澜	下次世界杯来了你检验一下，亚运会来了你检验一下。
张艺谋	那没有奥运会的检验力度大。这个检验你在世界杯、在亚运会，在任何大型活动当中得不到。我不是说新人唱、穿志愿者衣服这个想法怎么样，就是我们永远失去一个最大的了解答案的机会，我觉得这个检验永远没有了，这一点特别可惜。

看来对于这个问题的答案，将永远是个迷了。不知道 2012 年的伦敦奥组委，愿不愿意冒险试一试这个主意呢？不过在我的心里，还有一个更大的疑问，那就是张艺谋作为一名艺术创作者，已经习惯了天马行空的创作方式，在这几年的时间当中，他是如何习惯了开数千场会，管理一个巨大的创作团队，同时要与国内国外的不同机构沟通和衔接的呢？奥运会的开闭幕式，为中国与世界的对话与沟通提供了一个绝佳的舞台。沟通这件事有时可以很简单，有时却又变得非常地艰难，两个人同说一种语言，却不一定能够相互理解。21 世纪究竟最缺什么样的人才呢？有人就回答说，最缺少的就是那些善于复杂的沟通和交流的人才。作为开闭幕式的总导演，如果说张艺谋是非常成功的话，那我想这绝不

因为他是一名成熟的艺术家，更是因为他是一名成熟的沟通者。

杨澜	你说在指导奥运会的开闭幕式这几年，一个人无论是生理上还是心理上，都需要非常有承受能力。
张艺谋	对。
杨澜	这种承受能力会达到什么样的一个程度？
张艺谋	首先在身体上你得特别能熬。
杨澜	怎么熬法？
张艺谋	你要开几千个会。
杨澜	真有几千个会啊？
张艺谋	一点儿不夸张，你要开几千个会，你得特别能熬，脑子特别清楚，而且你得比所有人都要能熬。我是算长期锤炼出来的。那心理上就不用说了，你得特别能折腾，得特别能经得起折腾，三番五次的折腾，哗啦哗啦，改来改去，推翻再来，推翻再来。在初期创意阶段，什么都还在空中飘呢，什么都在脑子里倒腾的时候，还无所谓，你听很多意见，都还没有实现。到了最后一两年的时候，开始制作，开始慢慢成型时，这时候所有的改动、所有的调整、所有的意见，对于你来说，那都可能是一种……
杨澜	刺激。
张艺谋	撕心裂肺的，弄半天这个不要了，又变成那个了，大量的都是这样的情况。对于个人作品来说，比如电影，他说他的，你拍你的，但开幕式不行。所有有话语权的人出来说这是一个垃圾，老百姓也说这是一个垃圾，那你就活不下去了，就流放海外了，找一个岛待在那儿算了。所以我觉得，你不能不考虑这事情，任何一个人坐在这位置上，他都必须面对。

杨澜	你需要听方方面面的意见，需要开成百上千的会，这都是可以预计到的。干吗要干这活儿？当然成功了可以流芳百世，但是也可能是骂名千古的事。
张艺谋	要我自己看就是这事情够大，够挑战，得为此付出所有的心血。
杨澜	值。
张艺谋	值，我们不说大道理，祖国、人民、民族，都不讲这些东西，就是从艺术的创作角度来说，它够大，够伟大，是一项伟大的创作过程。每个人都被它吸引。当然会预计到要有开不完的会、听不完的意见、妥不完的协。
杨澜	艺术家都非常有自己的个性，不太愿意拿自己的艺术来进行妥协。有多少次你会接到一个艺术家的电话或者是他当着你面说，艺谋我不干了。
张艺谋	应该有很多次，你知道作为艺术家，特别不愿意有什么人来指手划脚，特别不愿意去妥协，他自己想好艺术就是最至高无上的，创作自由。
杨澜	如果每个人都给你一个主意……
张艺谋	对，我觉得艺术家他就是不爱听人说。
杨澜	如果有人要撂挑子，要走，那怎么办？
张艺谋	撂挑子、走啊，这是说气话，其实不可能有人走。大家说气话，说这没法干了，最常说的就是没法干了。
杨澜	然后你怎么说，通常人家说这句话的时候你怎么样回应？
张艺谋	我回应就是没法儿干也得干，你还必须干，包括我们的修改，也是必须改好。
杨澜	好像武术指导程小东也跟你急过几次了。
张艺谋	很多次，他也是动不动就不干了，他更不喜欢这个，那也没办法，后来慢慢大家都知道，这是国家的一个庞大的工程，所以不能只按我们的想法做。你不能跟大家解释说，因为什么意见我们改动了。每一次征询意见，每一次领导审查，或者每一次的国际奥组委或者北京奥组委的审

查、征询意见，下来都要改。改的时候就会出现问题：这没法改，一改意思都不对了，这怎么弄啊……都是这样。我其实也不是一个政委，我不能做那么细致的思想工作，我不是个指导员，那时候我没有时间，我常常说得很简短，我说这是必须要改的，而且还要改好。我们不能跟观众解释说这一段是国际奥组委有的规定，必须做成这样子，所以我们这样改了，现在你们看着不好看，我们原来比这好看多了……这不可能，所以必须改，而且你还要改得有意思，改得还要让人觉得好，观众只看结果。

杨澜 奥运会的开闭幕式是一个系统的工程，而且是一个国家的工程，所以你要跟各种部门的人打交道，包括整个的预算的申报、执行、审批，这套过程是你过去很不习惯的吧？你以前没在真正的政府部门里做过事情，做电影导演其实是相对自由的一个行业。

张艺谋 对，还有，电影和电视的行业规矩在很多年已经是彻底商品化了，你看电视和电影的运行，它其实在几十年已经形成了游戏规则，它就是商业化的规则，一个文化产业化的操作。现在按政府机关的办事方法，我们一弄就是："杨澜现在干什么？赶紧写报告！"写报告然后一级一级批，送上去赶紧审查，批准。

杨澜 那一开始不习惯的时候，表现在什么方面？

张艺谋 那太多了，你一下子理不出头绪。比如说一个道具，我们都知道可能哪个工厂做这个东西很容易，我们有一些合作的工厂、单位。做这个道具很容易，交给他做，赶紧做就完了，五天以后咱就看、就试，因为时间不等人，但在这儿不行，你得先写一个报告，我先批，我是总导演，然后往上一级一级批。批完之后要招头标，就说你杨澜是做鼓槌的吧……

杨澜 生产鼓槌……

张艺谋 你说杨澜这个工厂做得好，我们也知道，我们跟杨澜这个工厂做了好多实验了，但到时候还是落选了，因为有三家以上的工厂在招标。那杨澜还跑来跟我们在这儿埋怨，导演我们都跟你合作这么多年了，实验了八个月，到现在没有我们的份了，那当然你要跟他照相、签字，安抚他。很奇怪地给张三的工厂做了，而你完全不知道张三会不会做这个，第一批做出来一看，还不上道，根本不对，大家更在这儿嚷嚷了。一个招投标，一个选择……任何一个事情，都是这样的。

杨澜　审计署就在营运中心吧。

张艺谋　对，我们那儿有一个办公室，审计署也是全程的，因为中央有两句口号嘛，节俭办奥运，廉洁办奥运。

杨澜　所以有的时候一些个人想法必须为效率来让路。

张艺谋　要效率快，当然是打白条最快，我认为。打白条，先买，而且领导指定说就买他的，啪啪就拿来了，那效率最快。可是你要经过审核、预算，包括采购，包括招投标，包括最后竞标，最后锁定是买谁的，那这个过程肯定长，还要审查，对吧？这就肯定长，这就没办法了。

杨澜　外界对你工作的理解是，觉得中国人要办好这届奥运会，百年的期盼梦想，13亿人的种种期待等等，那肯定是你想要什么就有什么。

张艺谋　对，呼风唤雨。

杨澜　你什么时候觉得自己是呼风唤雨的？

张艺谋　我自己都认为是这样的，从任命我当总导演，我认为我是这样的，从我们开始创意阶段，我还认为是这样子。我们整个团队开了一年多的创意会，团队的所有的人都认为是这样的，所以我们做创意的时候，哎呀，云山雾罩，那创意有许多……现在回想起来有多少创意都在天上飞落不到地，因为我们觉得那还不简单吗？国家那还不是什么都可以……

杨澜　最神奇的你打算干什么？

张艺谋　也不是最神奇的，就最简单的吧。看见我们场地中间那张大纸了吗？

杨澜　看见了。

张艺谋　那纸最后要飞出鸟巢去，这还不简单吗？就这么张大纸，像个网球场那么大，把它一抓起来，钢丝把它吊出鸟巢，飞出去了。多神奇，飞出去了。

杨澜 我觉得有碍环境保护。

张艺谋 其实就是一个钢丝技术，没有问题。可是你就做不了，最后发现根本不可能。因为你要在鸟巢外面立两个更大的高铁塔，弄一根横向钢丝，高过鸟巢，然后要纵向地把它拉出去，那你可能在鸟巢外头弄两个大的高压塔吗？那不可能。很多都是这样子的。

杨澜 有没有给你压力？

张艺谋 没有，我还告诉你没有任何人给我压力。党中央领导国务院的领导同志审查，大家提了很多意见，最后做总结的时候，领导同志就会告诉你，艺谋，有很多很多意见，你们认真研究，能落实的就落实，但是有一条，遵照艺术规律。所以你会很感动，觉得这是特别大的进步。每一次到最后总结的时候，你都会听到这样一个嘱托。潜台词就是告诉你，你可以对领导同志所有的意见进行选择，以艺术规律为准。

杨澜 但是当这个决定权全都交到你手上了，你反而不得不考虑，对吗？其实有很多次你是按照领导的意见，来要求自己的团队接受，甚至有的时候是用强迫的方式，这个你是怎么想的？

张艺谋 我跟他们讲这个道理，我跟我们团队的人都说过这话，我说你看现在的领导，都是大学生、硕士或者博士，年龄跟我们相仿，现在的领导是新一代，你说这些领导见得不多吗？可能比一般人见得还多，出国看演出，方方面面眼界不开阔吗？我说好，我们先不认为他是领导，我们先说他是不是比一般人鉴赏能力还要高？第二个，我们把领导作为有鉴赏能力的一批观众来看——当然他们还有一个出发点，是为国家、为民族的一个大的出发点——但是你从另外一个角度来说，他也是第一批观众，因为没有让别人看过。我每次都是把三个领导都重复的一个问题拿出来处理，我说一定要改。很多人说来不及，很多人说不行，我就说一定要改，我就坚信，在这一点上我坚信，我说现在有三个领导说，等你公演的时候，等你跟观众见面的时候，有三千个观众会说这个问题，一定的，你必须这样想，你不能怀有排斥的心理。

杨澜 这一届奥运会，你看过任何一场比赛吗？

张艺谋 没有啊，所有重要的比赛全在电视上看了。

杨澜 最让你激动的一场比赛是什么？

张艺谋 很多。我反到是会看比赛之外的一些东西，比如说我记得蒙古选手得了金牌以后，举国欢庆，他们国家的第一枚金牌。我很感动，有很多这样的，比如说我看到牙买加的那个飞人。哎呀……

杨澜 博尔特。

张艺谋 我看到他100米跑完了，我就断定他200米会破世界记录，太有潜力了，最后十秒钟不好好跑了，但是我感动的是他那天夺得了200米冠军，并打破了世界纪录之后，全场九万人给他唱生日歌。

杨澜 这导不出来吧？

张艺谋 谁能让9万人给你唱生日歌呢？我觉得很感动，我还为中国的观众感动，就是放了生日歌的音乐之后，九万观众都在那儿唱，我就觉得，中国人特别可爱，所以那哥们儿两天以后就给灾区捐了五万美金。

杨澜 我也看到了。

张艺谋 这些点。

杨澜 其实你在开幕式、闭幕式当中，想要收集、创作、营造的那种气氛，在真正比赛开始以后，不需要任何导演，不需要任何剧本，它就是一个人最真实的展现，但是会达到一种更高的感动和激动。

张艺谋 这次我真的有这个感受，就是我们这个团队忙了三年准备这个开幕式，都在谈文艺表演和整个开幕式流程，我们把这个看作是天大地大的事，8月8号那一天全力以赴地做了，我们尽可能地做好，完了以后，口碑还不错。我觉得所有人都沉浸在快乐和幸福之中，我也同样。但是第二

天我看比赛……我连续看了四五天以后，突然发现我们其实很渺小。你
在看比赛的时候，赛场上每一滴汗水，每一滴眼泪，每一次掌声，现场
的每一个瞬间……我觉得哎呀，怎么都比开幕式伟大！真的真的，你会
迅速地觉得，真正了不起的是运动员，真正了不起的是奥林匹克精神。
你会觉得所有的人今天在北京，在做这样的一个竞技比赛。

杨澜　　那你怎么看待闭幕式上伦敦的八分钟呢？

张艺谋　　我觉得伦敦的八分钟做得很好，首先是一个很巧妙的构思，他们没有依
赖我们主办国给他们提供的任何舞台，他们说我就要一个跑道，我把我
的巴士开过来，演完就出去。这个就非常好。我们在雅典的八分钟，就
为这个小舞台是五米还是七米，且折腾呢，因为要主办国给你提供一个
小的舞台就很难，会打乱人家的部署。伦敦的这个构思很巧妙，而且这
个双层巴士，又是伦敦本身的一个代表，我觉得非常的好。

杨澜　　然后就自己造了一个舞台出来。

张艺谋　　自己自带，所有东西都是自带，全部是自带，我觉得这一点非常好。以
后的八分钟可能都需要这样子。

杨澜 悉尼奥运会的创作团队后来被邀请到多个其他的大型国际赛事中去做开幕式、闭幕式等等，如果有一个国家说，张导演，我再请你来帮我们做一个奥运开幕式，你会去吗？

张艺谋 伦敦已经说了，那天开玩笑，我问伦敦奥组委的人，我说你们这个伦敦的八分钟这个导演，会不会是最后开幕式的导演？他说不一定，我们还没选，他问我要经验，我说我的经验就是你早一点把场馆给导演。另外我说你们什么时候能定这个导演，他说我们还没有选，他就看着我，他说你有没有兴趣？

杨澜 你觉得是在开玩笑？还是有点儿认真的？

张艺谋 他说要不然你来？我说不不不。

杨澜 为什么？

张艺谋 太累了。

杨澜 你现在突然再回头看这几年，这两天楼都慢慢空了，你也要开始走向下一个目标，得干点儿本行的事了。自己要给自己一个什么样的交待？

张艺谋 我觉得我是有幸，有幸从事了一项伟大的工作。无论怎么样，50年也罢，30年也罢，70年也罢，无论怎么样，中国举办下一届奥运会的时间，谁都无法预测。但是在这样一个伟大的时代，我能从事这样伟大的工作，真的是三生有幸。这是我人生当中最重要最重要的一段经历，它所带给我的积累，我觉得是终身享用不尽的。在我们的同代人当中没有可能再有第二次机会，我感觉。所以它是如此难能可贵，在我心里如此有分量。我们不说那些大话，我们每个人还会回到我们的生活当中去，就像奥运以后，我们的国家、我们的人民，我们所有的方方面面，我们所有的生活会回我们的轨道。

杨澜 但是其实一切都在改变。

张艺谋 但是这种心理、精神在你的心里，我相信所有的中国人一样，无论你怎么看待这次奥运会，无论你怎么看待所有的评价，都会在我们的心里形成一笔财富。在一个民族的心里——我是民族的一分子——这都是我们毕生的财富，不会改变。

杨澜 更何况不会流亡海外了。

虽然我的采访已经结束了，但是看得出张艺谋仍然是谈兴正浓，这就像一位全力冲刺的运动员，虽然到达了终点，但是强大的惯性仍然会带着他继续奔跑一段距离，所不同的是张艺谋不能像运动员那样身披国旗绕场一周，尽情地抒发心中的激动之情，他要做的是收拾起自己的精力和记忆，迈向下一部作品，当然在这个时候我也非常好奇，还能有什么样的作品，能够带给他同样的刺激呢？

帅气剑客　中国"佐罗"

仲　满

仲　满

中国男子击剑运动员

出生于 1983 年 2 月 28 日

身高 1 米 90

体重 75 公斤

2008 年北京奥运会上仲满夺得男子佩剑个人赛金牌，成为中国奥运史上
第一个男子击剑世界冠军。

2008 年 8 月 12 日，这是一个中国击剑史上值得记忆的时刻，仲满在最终的对决中战胜法国选手为中国摘取了第一枚男子佩剑奥运冠军，这一刻全场陷入了沸腾之中。

杨澜	8 月 12 日你要举行决赛那天，有没有预感今天会赢?
仲满	没有。不是说我没有预感，头一天晚上睡觉前我想象过如果拿冠军会是怎么样的感觉，但是没有太敢去想我一定要拿到这个金牌，我心态放得很平。
杨澜	拿冠军的人都不是最强的——怎么会这么说?
仲满	最强了之后，有一些心理包袱，压力比别人更大一点，所以在场上没有年轻人那么有冲劲，可能会更保守一点。
杨澜	那尼古拉呢?
仲满	没有赢过，只交过两次手。
杨澜	你赢在什么地方?
仲满	我心态比他要好吧，一直都是他赢我，最后他失败了。
杨澜	你看出他的破绽了?
仲满	虽然我没有赢过他，但打决赛之前，我有很强的信心，我觉得我能战胜他——我已经战胜过意大利世界排名第一的选手，他非常非常厉害，我既然能把他赢了，那么后面半决赛和决赛里的两个法国人，我都是非常

有信心能打下他们的，之前我做了很多工作。

杨澜 反复看他们的录像，琢磨他们的步伐，找到攻克一招？

仲满 有一些战术。法国人基本上每个开始的动作都是一样的，所以在这个上面我们先做一点点文章。可以滞后启动，等他做完他的动作以后，我再去做一个动作，但是这一次决赛中，一开始不太成功的，所以后来在决赛中场休息的时候，教练重新布置了一个战术，要我提前主动往前压，因为他不是打第一节奏，他是第二节奏，第一节奏先停一下，这样的话……

杨澜 听得我云里雾里的……你15比9获胜，分差是比较大的。

仲满 非常大。

杨澜 握手的时候，你从对手的眼睛里看出什么样的神情？

仲满 他当时很郁闷，我感觉他太难过了。

杨澜 你在奥运会之前全世界排名第十。在奥运会当中这五场比赛，你是越打越好，还是中间某场比较艰难？

仲满 第二场是最难的，打到15比14。14比14时就要看运气了，我觉得我拿冠军，最主要是这场赢下来，我心态更加放开了，放得很轻松了，所以我觉得这场是最关键的。后面都越打越好了。

杨澜 你夺了冠军之后，所有媒体都到网上查关于你的资料，但什么也找不着。

仲满 几乎找不着。

杨澜 没有人期待过这枚金牌，你什么时候开始有了信心，觉得我可以做世界上最棒的？

仲满 2007年下半年吧，我打过一次世界第三名，正常情况下比赛都能进16名，我们自己的人在世界上男子佩剑进16还是比较少见的。

杨澜 我们亚洲人来说……

仲满 非常非常少，难得进一个前三名已经很不错，就这样我慢慢地把信心建立起来了。到 2008 年上半年，又拿了一次第三，亚洲锦标赛又拿两个冠军回来，紧接着波兰站拿冠军，我的心态有一个提升，自己有一点……

杨澜　有夺冠的欲望了。

仲满　当时很多对手在旁边摄像，因为我速度太快，他们不太适应。

杨澜　中国击剑水平和欧洲国家，比如法国、意大利相比，到底差在什么地方？

仲满　这个项目还是他们的项目，他们整体实力强，我们只能有个别的，或者说只能三四个人实力强，这样情况下跟人家打不够稳定。

对于击剑这项古老的运动来说，中国远没有欧洲那样丰厚的基础，但是近年来中国选手的成绩在世界赛场上却是保持着稳步的提高，而这一切则与一个法国人有关，他就是中国击剑队教练鲍埃尔，仲满则是这位洋教头的得意高徒。

杨澜　但是我不觉得这是一个误打误撞的结果，其实在去年也好，包括今年早些时候，你都获得一些分站赛的第一名。你教练是非常了解你的，我很想知道鲍埃尔在赛前怎么样鼓励你？

仲满　其实只有他一直在说仲满你行，一直以来他都带我跟另外一名队友带得比较多，我体能和速度上面好一点，他一直说我的剑速是最高的，只要改掉一点毛病，我就可以取得很好成绩，我可以成为世界上最棒的……就他一个人一直鼓励我。

杨澜　我听说你有一次准备回省队去，那是怎么回事？

仲满　在保加利亚有一场比赛，团体碰西班牙，西班牙也不是弱队，他们有两名选手在 16 名之内，团体很强，但是不知道怎么搞的，我个人的状态也不太好，团体比赛的时候就更加放不开了，我要对整个团队负责，压力更大一点，结果两场全输了，比分非常非常悬殊，。

杨澜　　多少比多少？

仲满　　团体赛一般打五剑，给别人劈到七八剑，输得很惨。教练非常非常生气，当时在场上，他就把我赶回去休息，这种情况是从来没有过的，因为中国教练不可能会这样。

杨澜　　很不给面子的。

仲满　　我当时很生气，后来他已经给我台阶下了，找了我的队友带我吃饭，叫我去看决赛，晚上又一起吃饭。但他没有想到我没找他主动沟通，就觉得我这个人特别自傲自负，太自私了，不对这个团体负责。因为他对我期望太大，所以失望也大嘛。回去的飞机上他一直不理我。

杨澜　　当初晚上没有找他，你错过了最佳时机。

仲满　　我实在忍不住，就让翻译帮我问一下回去以后怎么安排——"你回省队。""我什么时候再来？""你不用来了。"我本身有这个实力，在团队里面已经排上二号种子，说让我回去，我当然不能接受这种事实了，我不理解，但不敢问。下了飞机，我问翻译原因，翻译说，就是怪你当时晚上不去找他，他等了一个晚上，特别伤心。我一听是这个原因，就立马在机场找到了他，简单谈了一下，他说给你一次机会，你回家好好想一想，然后我们再谈一次，如果谈得好你就可以去，如果谈不好你继续留在北京。

杨澜　　这不是打得好打得不好……

仲满　　看你的诚信和认识程度。其实我知道，他是吓吓我，我找了我们院长，院长说没事，我根本没有接到中心退回来的通知。两天后我找鲍埃尔，他还是不理我，等到最后一天，他让我到咖啡厅聊天，当时他拿着装机票的袋子，说谈得好，机票你就可以拿走，谈不好我就给撕了。我跟他谈，一直谈。

杨澜　你觉得什么话能打动他？

仲满　我说以后要百分之二百地投入训练，他说不行，至少百分之三百到百分之四百，我说没问题。他把机票撕掉了。

杨澜　空机票。

仲满　当时我们就笑。他对我其实是非常非常好，他就是激励我一下，这是我非常残酷的经验。

杨澜　当你获得冠军以后，法国媒体说一个法国人打败了一群法国人。就是说你的教练鲍埃尔带领你打败了你的对手，对此你的教练怎么看？那种感觉像中国人看到郎平带美国人打败了中国女排一样。

仲满　我觉得是一样的。他是一个专业的教练，之前也带意大利队打败过法国队，他在这方面看得不是太重，他是一个专业的教练员，无论在任何地方，都要对这个地方做出一些贡献。

杨澜　这是敬业精神。

仲满　这方面我们教练做得非常非常好。

仲满，这位如今的佩剑奥运冠军，最先接触的体育项目其实并不是击剑，而是中长跑，是一个偶然的机会才使他走到了今天的击剑场上。

仲满　小时候在农村，那个年代也没有什么操场，就是在田野里面上体育课跑步，每次我都跑在最前面，我父亲就把我送到我们乡里。

杨澜　你是不是村里最高的孩子？

仲满　村里面最高的。后来我练了四年的中长跑。当时家里边有篮球，旁边就是篮球场，自己玩过，打得还可以，正好有一年市里面篮球比赛，人员不齐整，到我们田径队里借人，借两个人，我是其中一个。我在场上最多最多待了两分钟，南通的一个教练吴娟把我喊过去，问我跑步有多快，我说了成绩之后，他吓了一跳，说这人我要定了，然后给我们体育局发通知，我就去了南通。

杨澜　第一次穿上剑服，拿着剑，是不是特别帅，感觉像佐罗？

仲满　一开始不是佩剑，是重剑，练了一年半不到的时候南京招人，我是练重剑的，要半年之后才能进江苏省少体校，而佩剑当时就招人，我就临时改练佩剑，改了几个星期，然后就去了南京。

杨澜　男孩子做一个剑手，还是有一点梦想的成份。

仲满　是很绅士、很高雅的运动，打起来很享受。

杨澜　体校离家里有多远？

仲满　从我家到我们学校至少有 30 公里。

杨澜　你是说你骑自行车要骑 30 公里？

仲满　不是每天骑车

杨澜　一星期一次。每天多长时间？

仲满　一个半小时，如果遇到拖拉机可以拉着拖拉机，我就不用骑了。

杨澜　有一次下雨的时候，去学校弄得你妈妈还挺伤心，那是多大的时候？

仲满　很小，那时候五六年级吧，十二三岁。我爸是一个非常严格的人，说你不能旷课，再怎么下雨你也得去。我妈后来告诉我她哭了。

杨澜　为什么？

仲满　舍不得，我现在想起来挺感动的。

杨澜　你那时候有没有哭？一边骑一边哭？体育训练真的挺艰苦，尤其对于一个孩子来说。

仲满　练体育人非常非常辛苦的。

杨澜　小时候破坏最多的是鞋吧？

仲满　一个月破一双鞋，我是练中长跑，在公路上跑，鞋子又不能买太好的，买一般的十几二十块钱的胶鞋，一个月破一双。

杨澜　你得尽可能保护好鞋。

仲满　那个时候还没有这个意识，反正那时候也不太懂，家里面省吃俭用都会
满足我。

杨澜　到什么时候开始，你可以拿到一部分津贴了？

仲满　2000 年，我正式进入江苏省省队，一个月拿到 400 多块钱。

杨澜　第一次拿到津贴给妈妈奶奶买礼物。

仲满　给所有人，父母、奶奶。

杨澜　400 块钱，还挺禁得住花的。

仲满　有存的钱，我们平时不可能回家，年底身上有一千多块钱，又了发一部
分奖金。

杨澜　卖一些什么礼物？

仲满　一些保暖内衣，给他们一人买一套。

杨澜　妈妈肯定觉得特别贴心，特别喜欢。

仲满　对对对。

在人们的印象中，击剑是一项优雅浪漫的运动，白色的击剑服在黑色的
背景衬托下又是如此地富有魅力。但是在生活中，仲满却似乎与浪漫二
字毫无关联。

杨澜　说说你的妻子吧，听说 9 月份打算办婚事了，很让人期待。备战奥运的
时候聚少离多吧？

仲满　我在国家队这两年，一年见两三次，有时候我放假回去，有时候她双休
日，特意来一次。

杨澜　她是一位老师，是吗？

仲满　对。

杨澜　她教什么课的？

仲满　她是大学里面的辅导员，干了四年，现在变成团委副书记。

杨澜　你们俩见面是你主动上去搭讪的？能给我们描述一下吗？

仲满　就是一个偶然的机会。我们学校靠得很近，我觉得这个女孩不错，就聊了一下，相互留了一个号码。学校太近了。接触的机会多。我觉得出去跟人家说我是练击剑的话，很多女孩子会眼前一亮，击剑本来就是一个贵族运动，比较有气质嘛。

杨澜　还会挺夸自己。"我是练击剑的，我叫仲满。"

仲满　没有没有。

杨澜　击剑这个运动，特别受女孩子的青睐，在很多人想象当中你是一个很浪漫的人。

仲满　我其实一点都不浪漫，我几乎不给我的女朋友买什么礼物，只有在出国的时候会给她带一些简单的礼物，化妆品不需要动脑子，她告诉我买什么牌子就行了，衣服我从来不给她买。

杨澜　　　你只会买保暖内衣。

仲满　　　衣服不试穿很容易浪费。

杨澜　　　两个人刚刚领证，肯定特别甜蜜，离开家人，进行封闭式的集训，有没有在精神上造成很大的压力？

仲满　　　我习惯了吧。一直以来都为了奥运梦想在奋斗，也只能放弃一些东西。我心里知道，她也会理解我。我有一些对不住她，特别感激她。

杨澜　　　你最感激她什么？

仲满　　　家里所有一切，包括买房子，后来卖房子，又再买回来，全是她一个人在做。我完全不能分担一点点事情，所以特别特别感激她。

杨澜　　　这次你参加比赛，爱人有没有到北京来？

仲满　　　个人赛的时候她本来是要来，我特意跟她说，你来我们可能会分心，酒店也定不到，后来她就很不情愿地说我不来了。

杨澜　　　肯定挺伤心的。

仲满　　　打团体赛前一个晚上，打电话的时候，她说还在酒店订不到这些事情，没想到第二天，我队友告诉我："在站台上看到你老婆了。"

杨澜　　　你满场找她在哪儿。

仲满　　　我要比赛，稍微找了一下，找不到，就不找了，最后也没有找到。没有办法，又要采访，又要签字，没顾上找。

杨澜　　　什么样的场合第一次见面？

仲满　　　下午打完了团体赛，一直到晚上八九点钟我们才见到面，之前做一些采访，又要去弄好多事情，只能一直跟她在电话里说，她说已经安排好了住处，我说现在没有办法过去接你，我只能等事情忙完了再过去。

杨澜　　　见面第一句话说什么？

仲满　　　先拥抱一下。

杨澜　　　这时候不用说话了。

仲满　　　对对。

杨澜　这次回去举办婚事了，对于中国人来说这个事还挺重要，亲朋好友要聚在一起，你会给她一些什么惊喜吗？

仲满　我是一个不浪漫的人，我没有想过这个问题。这块金牌，我会到结婚的时候献给她。

杨澜　人家交换戒指，你交换金牌。

仲满　我觉得金牌是最好的礼物。

沉稳之箭射穿韩流坚冰

张娟娟

12

08. 08. 16

张娟娟

中国女子射箭运动员

出生于 1981 年 1 月 2 日

身高 1 米 70

体重 63 公斤

2008 年北京奥运会获得射箭女子个人赛金牌，打破了韩国人自 1984 年洛

杉矶奥运会以来对这个项目的垄断。

8 月 14 日。北京的天空从中午开始下起大雨，细密的雨水将弓弦浸润得又湿又沉，弯弓，搭箭，放箭，每一次被弓箭弹出的雨水总要在雨雾中划出一道弧线——这就是张娟娟在创造历史之前眼中唯一的风景。

杨澜　　你那天看到的是一个什么样的风景？

张娟娟　中午开始下雨，我就特高兴。

杨澜　　为什么？

张娟娟　上午我打完比赛之后就回到奥运村了，吃完饭开始准备下午的比赛，躺在床上做一些心理训练，想一想下午的比赛，突然听到外面下雨了，在那个时候就感觉……下雨了，就感觉一下机会来了。

杨澜　　为什么呢？为什么下雨机会就来了呢？

张娟娟　就是感觉……一下雨乱世出英雄的那种感觉。

杨澜　　这雨在中国下，好像也向着中国人一样。

张娟娟　好像为我下的一样。

杨澜　　开始决赛的时候，你的领队，包括队医和一些队友加油鼓劲的时候，你置若罔闻，对他们的嘱托，或者是鼓励，都没有任何的反应，据说你已经进入一种忘我的状态了，是这样吗？

张娟娟　场上的气氛非常热烈，那种声音……就感觉像看球赛一样，我面临上场比赛，自己会有一个平静的状态。外边声音很大，但是自己要专注——

我该做什么？精力要收到自己身上。他们的呐喊声我能听到，但不要过分分散自己，我会沉浸在自己的小环境当中，不会跟他们有呼应。

杨澜　你跟他们眼神交流都没有？

张娟娟　没有。

杨澜　老僧入定一样，进入自己的时间和空间。

张娟娟　我自己平静下来，场上再大的欢呼声，我也要平静我自己。

又是中韩对决，又是一箭封喉，历史是如此相似，但命运这一次掌握在了中国人手中——随着在决赛中射出恰到好处的9环，张娟娟的最后一发"胜利之箭"终结了自洛杉矶奥运会以来韩国女将在该项目上长达24年的不败神话，为中国实现了射箭项目奥运金牌零的突破。

杨澜　女子个人射箭当中，基本上中国军团就靠你了，另一位中国选手在八强前就被淘汰了，从朱贤贞、尹玉姬到朴成贤，你一个人对这三个人，那个时候有没有一种很悲壮的感觉？要靠自己了。

张娟娟　其实对他们的时候吧，中午我就有准备，我躺在床上就在想，下午面临的是这三个人，而且世界排位是一二三，感觉挺有动力也挺有劲，面对强手，我拼她就行了，没有什么包袱。

杨澜　反而有一种动力。

张娟娟　我躺在床上想，我下午怎么打，整个比赛过程第一步先对谁，第二、第三……想象自己赢得比赛，站在最高领奖台上。应该说下午的比赛，是按照自己预想的去进行的。

杨澜　真的吗？那么大的本事！其中尹玉姬是世界纪录的保持者，朴成贤在四年前雅典奥运会也是团体赛冠军……面对她们没有一点点担心吗？

张娟娟	面对第一位对手的时候，我信心挺足的，我战胜了她，还是有点底气。
杨澜	到尹玉姬呢？
张娟娟	尹玉姬的时候，就感觉我一定要跟她拼，拼到底，不能放松自己，就是一种挑战。因为我在法国输给她了，其实当时自己有机会，可是没有把握住，这次等于来报仇了。
杨澜	来跟第二位选手报仇的。
张娟娟	应该感谢对手，她给我的这种刺激让我发挥得这么完美。我一上来就三个十环。
杨澜	半决赛的时候，韩国队的心理防线就被你打破了。你赢了以后——我知道你跟朴成贤过去就认识——她有没有来祝贺你？她难过吗？
张娟娟	祝贺过，但她心里应该是很难过的，她是最后一道防线，但也是我必须拿下的一个角色。我自己会换位思考，站在她的角度想，她真的是挺不容易的，其实朴成贤是我很敬佩的一位选手，因为她各种比赛的冠军都得过，而且为人处事都是比较不错的。
杨澜	所以也有一种英雄惜英雄的感觉。
张娟娟	值得欣赏。

中国人从来就不会对射箭的意境感到陌生。从后羿射日到《射雕英雄传》，从塞外将军大雪满弓到文人苏轼西北望射天狼，大漠孤烟百步穿杨，那是多少有着英雄情结的人从孩提时就追寻的梦想。在现代奥林匹克大家庭中，射箭，这项将力量与精准、礼仪与规则完美结合的运动，在以文化厚重与技巧灵活而见长的东方国度，在中韩比肩而行的较量中，在东方女子轻盈的指尖和坚毅的目光中被演绎得淋漓尽致。

杨澜	韩国人把射箭的艺术上升到一个哲学高度，人和箭合二为一，整个运动都在同一个节奏上。这种心理的感应和箭的融合，你是怎么练的？
张娟娟	我感觉到练到一定程度上就会有那种感觉，这个弓跟你身体的一部分一样。怎么说呢？应该是经过长年累月的积累吧。
杨澜	你第一次摸到弓箭的时候已经14岁了吧？
张娟娟	14岁了。第一天训练的时候，就一个人在那儿站着，站姿，徒手摆动作，而且一站好几个小时。慢慢地经过自己的力量的增长，最后才接触到弓。
杨澜	大概练了多长时间才摸到弓？
张娟娟	一两个月。
杨澜	箭呢？
张娟娟	五个月。
杨澜	第一次射箭怎么样？
张娟娟	第一次撒手吓自己一跳，当时是在室内进行的，面对的靶子很近，五米左右。教练教你怎么做，听到响直接放手就行了。一放，箭就出去了，吓自己一跳。
杨澜	真有意思，一个人拉开弓需要的力量是非常大的，合多少公斤呢？
张娟娟	我们是48磅，35斤左右。女子是这样，男子比我们重一些。我们举差不多5斤，前边左手举的5斤左右，后边拉的30多斤。
杨澜	每天拉300多次……你是一个特别能吃苦的人吗？
张娟娟	是，我认为是。
杨澜	我们小时候学过纪昌学射的故事，说把一个小虱子挂在那儿，一直盯着看，看到虱子像车轮一样大，就射定了。小时候觉得胡扯，小虱子看成车轮那么大？！你练习射箭的时候用什么方法来锻炼自己的眼力？
张娟娟	锻炼注意力和专注力，盯着一个点看，有根针扎过来都不能眨眼睛。
杨澜	但人的生理……

张娟娟	强忍着，眼泪吧嗒吧嗒掉，但是还要盯在那个地方。
杨澜	自己的成长环境和经历中哪个部分是特别适合练射箭？
张娟娟	应该是稳，遇事不大惊小怪。
杨澜	你的沉稳表现在什么方面呢？
张娟娟	我感觉自己越遇到大事的时候，反而越能沉住气。
杨澜	真的？你遇到过什么样的事需要你有这种……
张娟娟	我夜路就是挺害怕的。但没关系，迎头走就行。我记得那时候已经开始练习射箭了吧，有一次下午一直在训练，教练看我们练得挺好，就说那你们走吧，那时好像都四点多了。我开始往家赶，等赶到家的时候——现在想想挺后怕的——当时从青岛走的时候，已经是晚上五六点钟了。到莱西以后，回我家的车没有了。怎么办？我自己在那儿想，然后问司机怎么没有车了呢？他说你到哪儿？我说到抬头村，他说我正好路过你家，我带你回去吧，我说好，就踏踏实实坐着。其实后来想，万一遇到坏人怎么办？后来走到我们村口的时候他就把我放下了，离我家还有差不多有一千多米，我要往里走。当时下来之后，我一个人走，就感觉特害怕。
杨澜	那时候天全黑，没有灯光。
张娟娟	我爸妈都不知道我要回家。
杨澜	越走越快。
张娟娟	那时候没有手机，硬着头皮往前走，沙子路，踩在地上总感觉后边有人。
杨澜	所以你也不是天生特别胆大的人……练射箭需要胆量特别大，是吗？我听说韩国运动员训练的时候，要夜里走山路，还会把蛇放在身上练习稳定性。
张娟娟	我觉得是一种自己跟自己作战的能力，看你害怕的时候采取什么措施来稳定自己。
杨澜	你通过什么样的方式来训练自己不怕走夜路的？

张娟娟	中国队也会半夜叫大家起来。我们聘请了韩国教练，从 2002 年他来了以后就有这种特殊的训练，半夜基本上两点钟，把大家都叫起来。第一次还吓了我一跳，我拿弓下来的。我问教练你是不是喝醉了。第一次嘛。
杨澜	漆黑一片。
张娟娟	听到外面有动静，是真的训练，我才起来，开始准备上山，而且每个人要隔 20 多米，一个人一个人走，围着田径场，又困，但这锻炼了我们的意志品质，就像走长征一样，在城市穿梭，有时候一走要走三个小时左右，然后再回去睡觉，下午还是正常训练。

正是凭借一路走来这种出奇坚毅的内心和稳定的身手，张娟娟在决赛的战场上独自面对三位韩国高手的沿途堵截最终各个击破。其实，张娟娟的坚毅由来已久，在她进入山东省队之后，得了射箭运动员的致命之病"黄心病"，这是他们很容易得的一种病——由于常年瞄准箭靶中央的黄心，致使运动员对此产生视觉疲劳，在潜意识里拒绝它，进而使动作变形，只要一瞄到黄心，弓就会晃动，导致射出的箭偏离。由于这种病很难痊愈，很多运动员患病之后都会选择放弃，而张娟娟，用惊人的毅力挨过两年的光阴，迈过了这道坎。

张娟娟	那是 1996、97、98 年吧，那几年特别痛苦，不就射箭嘛，怎么这么难呢？心里整天翻来复去，那一阶段感觉自己快承受不了了，晚上睡觉，满脑子全是这个问题，早晨醒来之后就感觉没有睡觉一样。
杨澜	看到黄心是什么反应？
张娟娟	没有意识到对它有什么反应，好像是人神经的一种条件反射。一开始我

要盯准黄心射出去，但是在射出之后，箭就不在黄心里边了，而且不是说你自己想控制就能控制的——明明之前看是在里面，撒放那一瞬间不在了。

杨澜　晚上会做噩梦？

张娟娟　那时候偷偷地哭过好多回，晚上经常哭。

杨澜　别人有这个阶段吗？

张娟娟　应该有。后来自己有了方法，盯住，往死里盯，一定盯住它。

杨澜　实际上是自己的大脑向身体发出特别强的信号。

张娟娟　那一阶段也许疲劳产生的一种反应吧。我感觉要修炼自己，修炼自己的一种素养，体会射箭的精华吧。

杨澜　你什么时候开悟的？

张娟娟　射得好的时候就自然开悟了。

在中国射箭队的训练场上，爱神之箭也光顾到了这里。本届奥运会上，一位来自新疆的射箭高手带领中国男子射箭团队获得一枚宝贵的铜牌，实现中国队在奥运历史上的重大突破。而他，正是与张娟娟合称神雕侠侣的薛海峰。

杨澜　丘比特之箭什么时候把你们俩连到一起了？

张娟娟　我们两个经过了各种坎坷吧……一开始队里不赞成。

杨澜　你们偷偷摸摸。

张娟娟　教练都不同意，害怕影响训练成绩，这也激励了自己，就感觉既然这样那我打给你看，我就要练好给你们看。

杨澜　你们约会的地方都在靶场上吧？这个很有意思，我们设想一下，"我爱你"，啪射一箭，你也很欣赏他，是吧？

张娟娟　应该是这样。

杨澜　这一次比赛男队也取得了前所未有的一块铜牌，非常了不起，他参加比赛你会在观众席上看吗？

张娟娟　我们打团体，包括个人都在场上看。

杨澜　你感觉他表现怎么样？

张娟娟　团体赛当中，应该说体现了一个大哥哥的形象吧，很沉稳，很老练的。

杨澜　他是那边大哥，你是这边大姐。他真的发箭的时候，你比他还要紧张吗？

张娟娟　是紧张。看他比赛比我自己打还紧张，但看到他镇定自若的时候，你就挺相信他。

杨澜　那你进行决赛的时候，他也坐在旁边吗？

张娟娟　他也在场上。

杨澜　你会从他的眼神当中去寻找肯定和力量吗？

张娟娟　打之前他告诉你，坚定一点，果断一点，相信自己，一定能行。这些语言就会给自己很大的鼓舞。

杨澜	比赛完了之后他比你还高兴。
张娟娟	当然，我感觉谁都比我高兴。
杨澜	未来的婆婆也过来看你比赛了？
张娟娟	她是新疆代表团的，有这个机会来观看我们的比赛。
杨澜	她怎么说？
张娟娟	"你太棒了！"
杨澜	未来的公公有没有说领证？
张娟娟	我们现在分不开身，离不开这个集体，自己还不是自由人。
杨澜	你估计四年后还会留带射箭队里吗？
张娟娟	如果祖国需要，会的。

点石成金的商业奇才

彼得·尤伯罗斯 Peter Ueberroth

Thank You
&
Best 2008

Peter Ueberroth

13

彼得·尤伯罗斯　Peter Ueberroth

出生于 1937 年 9 月 2 日

1984 年尤伯罗斯担任洛杉矶奥运会奥组委主席，他让奥运会成为了一门赚钱的生意，在奥运会的历史上起到了至关重要的影响。目前，尤伯罗斯担任美国奥委会主席一职。

从 1896 年，雅典举办第一届现代奥运会开始，主办国都以能承办此项运动而倍感骄傲。然而，随之而来的却是巨额债务负担。1972 年，联邦德国慕尼黑奥运会欠下的债务久久不能还清；1976 年在加拿大蒙特利尔举行的第 21 届奥运会亏损数目达 10 亿美元；1980 年莫斯科奥运会耗资 90 多亿美元，最终没有挣回一分钱，亏损数额至今是个谜。此后，奥运会就成了烫手的山芋。到了 1984 年，愿意承办奥运会的城市，只剩下美国洛杉矶一个。这项代表崇高体育精神的运动赛事前途渺茫。

杨澜　　当猎头公司打电话给你，提供给你 1984 年洛杉矶奥运会组委会主席的职位时，你当时吃惊吗？为什么最开始你婉言谢绝了？

尤伯罗斯　我吃惊并拒绝的原因是在我所在的城市里，所有人都不喜欢奥运会，有一些政客把我的家庭地址登在了报纸上，说如果你反对奥运会的话，这就是他的地址。对于抗议者来说这无异于一张大海报，有人真的来我家了，我家四周有砖墙，他们把有毒的肉抛过砖墙，毒死了我们家的狗。

杨澜　　是什么促使你改变主意了？

尤伯罗斯　我觉得奥运会这项运动应该被挽救。

杨澜　　你一直喜欢挑战吗？

尤伯罗斯　有机会尝试别人从未做过的事是很激动人心的。

杨澜　　你是如何劝服家里人和好朋友的呢？他们是不是觉得这是世界上最疯狂

的想法了?

尤伯罗斯 幸运的是，我的妻子和四个孩子都去滑雪了，等他们回来的时候，我们已经开始工作了。

没有政府拨款，不能发行彩票，没有一分钱启动资金，连房东都毁约不把房子租给这个不受人欢迎的"奥组委"。尤伯罗斯卖掉一手创立的"第一旅游公司"，开始了他洛杉矶奥组委主席的艰难职业生涯。

杨澜 我还了解到你是自己掏腰包，拿出 100 美元在银行为奥组委开了个账户。

尤伯罗斯 是的，而且一直没还我。

杨澜 这个我知道，那第一轮资金是如何筹集来的。

尤伯罗斯 先是有可口可乐公司的赞助，然后是出售电视转播权，美国、澳大利亚相继竞标得到转播权，就这样进行下去，我们的收入很可观。

杨澜 我们来看看一些数据：1976 年蒙特利尔奥运会有 168 家赞助商，莫斯科奥运会有 200 家，普莱西德湖举办的冬季奥运会有 381 家赞助商，你为什么要把赞助商的数量减少到 35 家，而且仍然要求盈利。

尤伯罗斯 基本上我们把它们分为两大类，我们需要十四个主要赞助商，每个行业只有一家赞助商，用这种唯一性把它们吸引来。

杨澜 你一直是销售方面的专家吗？这是一次大规模的市场战，要做成第一笔生意，肯定是很艰难的，对不对？

尤伯罗斯 如果你能站在别人的角度看问题——我试图站在可口可乐的角度，或者是麦当劳或者是通用汽车的角度——了解他们真正需要的是什么，你就可以告诉他们奥运会能够给他们什么，这并不是销售问题，而是去了解其他人的需求是什么的问题。

杨澜 处于这个困难的情境，是否有人趁火打劫，你允许这种行为吗？

尤伯罗斯 有的，柯达公司就是一个，他们说你们不能去找国外赞助商，我说为什么不能？我可以！

杨澜 你是说富士公司。

尤伯罗斯 还有德国和日本的公司，我第二次回去和他们谈，告诉他们这是最后的机会，他们说不，你必须用我们公司，我们就出这些钱，于是我说那你们就等着看明天的报纸吧。他们看了报纸，得知富士出价是他们的七八倍。

一个行业只选择一家赞助商，对手间的竞相提价，使得本届奥运会获得高额赞助；而本届奥运会的电视转播权也是美国三大电视网的激烈竞争对象。尤伯罗斯以招标的商业运作方式，加剧了他们之间的明争暗斗。最后，美国广播公司以 2.25 亿美元的价格夺得美国的转播权。这个价格是 1976 年奥运会的 10 倍、1980 年莫斯科奥运会的 3 倍。

杨澜 当美国广播公司出价 2.25 亿美元竞标的时候，比你预想的两倍还要多，你是不是对此欣喜若狂，或是对这样的结果非常惊讶？

尤伯罗斯 是的，我们在奥运会开幕式之前的最后一刻还在和他们进行辩论，他们说我们要支付这么多钱，我说不，电视转播权会高得多，在这之后还有更大的数额．他们跟我们争论起来，说那我们等等看，幸运的是我是正确的，很大程度上比赛呈现一种新的氛围，全世界的人都打开电视机收看比赛。

杨澜 1.8 亿观众。

尤伯罗斯 是的。

杨澜 你当时预计的目标是多少？

尤伯罗斯 我不记得了，大概是 1 亿观众，所以已经大大超过了我们的预想。

票价方面，业余水球运动员的经历使尤布罗斯充分了解球迷的心理，门票大幅提价不仅没有消退球迷的热情，反而造成一票难求的局面。

杨澜 洛杉矶奥运会在门票销售方面是很成功的，你给出多少张赠票？

尤伯罗斯 一张也没有。

杨澜 至少你会给你们总统免费的票吧？

尤伯罗斯 一张也没有。当时洛杉矶有个勇气十足的市长汤姆·布雷德利，他是个非裔美国人，我对他说汤姆你是我的合作伙伴，我一切都是自己买单，你的票也得自己掏腰包，跟其他人一样。

杨澜 这才公平。

尤伯罗斯 他说好的我自己买，所以有任何人跟我要票我都会说，布雷德利都没有免费票，所以你们也不能有免费票，这很奏效。

杨澜 我们来谈谈关于节约成本的问题，你们主要打算在哪些方面节约资金？

尤伯罗斯 我们研究了以往的奥运会，我们主要借鉴了伦敦奥运会的做法，在 1948 年二战结束后，他们压根就没有资金，我们和他们的情况一样，也是没钱，所以他们开始启用志愿者，我们也开始用志愿者，我们开始规模很小，一直到最后一年，规模开始壮大。

杨澜 实际上组委会给你提供十万的年薪，但你却选择做个志愿者。

尤伯罗斯 因为我的计划是建立在七万志愿者的基础上，如果我要去领导这七万志愿者，那我自己最好就是个志愿者。

一方面广开财路，一方面通过大量启用志愿者节省开支，尤布罗斯的商业计划执行得非常顺利。然而，正当一切都在向积极乐观的一面发展时，一场巨大的危机却悄然而至了。

| 杨澜 | 在洛杉矶奥运会前两个月，你得知苏联以及其盟国宣布退出奥运会，你当时是否感觉崩溃了？ |

尤伯罗斯　没有，我已经预料到了，我一直心存希望，不断和他们对话，不断飞去莫斯科。我希望这一切会有所改善，我希望他们不会退出比赛，但他们还是这么做了，他们公布了100个国家的名单，这些国家都向他们承诺不参加那次奥运会。

杨澜　你亲自飞到古巴。

尤伯罗斯　我很失败，我去了古巴，因为我知道这是最困难的地方。

杨澜　当时允许你去吗？

尤伯罗斯　不允许，我是违法去的，我回国后，他们还拘留了我一段时间。

杨澜　你是什么时候知道中国要来的？

尤伯罗斯　在宣布抵制开始后的第三天，当时中国就在名单第一位，我研究了中国，得知中国从未参加过奥运会，我们派了三个代表去中国，因为这个国家最重要，半夜他们打来的电话把我叫醒，他们告诉我，中国会带着全体运动员参加比赛。

杨澜　你说你欠中国一个人情。

尤伯罗斯　他们的领导层打破了抵制，原来宣布抵制的国家中只有12国家没有派代表队出席，所以奥运会得以进行，这是其一；其次他们来参加，他们的运动员都很有实力，第一枚奥运金牌就是被一名射击运动员拿到的。

杨澜	许海峰。
尤伯罗斯	是的，他来自中国，这点燃了奥运会的激情。
杨澜	即使如此，你没有为中国运动员准备足够的中国国旗，所以当第一枚奥运会金牌被许海峰得到，王义夫拿到铜牌时，你不得不进行一个简短的演讲，使得他们有时间去找国旗。
尤伯罗斯	这个可以说是很有趣，他们很棒，可以在一项比赛中拿到两枚奖牌。
杨澜	你是否时刻准备会有突发事情发生？
尤伯罗斯	我总是觉得会出点什么事。
杨澜	比如什么事？
尤伯罗斯	开幕式马上就开始时，我们决定安排著名的十项全能运动员拉·约翰逊来跑火炬接力的最后一棒，来点燃火炬，就在头一天他找到我，他说跑这么一程，而且还要上这么高的台阶去点燃火炬，这段路程对他来说太长了，他说他有一种腿部疾病，所以他没法跑步，但是他说他可以在跑道上跑，或者在台阶上跑。
杨澜	你怎么跟他说的？
尤伯罗斯	我们还安排了一个人：布鲁斯·杰纳，他穿着运动服，不过不是火炬手的那种跑步运动服，而是加了外套，等在看台上，拉知道如果他跑不完，他可以中途停下来，然后布鲁斯·杰纳可以接替他，这也是一位十项全能金牌获得者，他可以脱下外面的夹克，跑完最后的路程。我拿起望远镜看着拉，他一开始很慢，但坚持着跑了上去，点燃了火炬。
杨澜	你就好像一直都在祈祷。
尤伯罗斯	长叹一声，然后彻底放松了。
杨澜	你事实上没有时间去享受奥运。
尤伯罗斯	我并不享受奥运，也不看奥运，也不喜欢……唯一的快乐是跟我的几个孩子在一起。
杨澜	你的意思是说你到现在也没真正看过 1984 年奥运会的录像和那些精彩

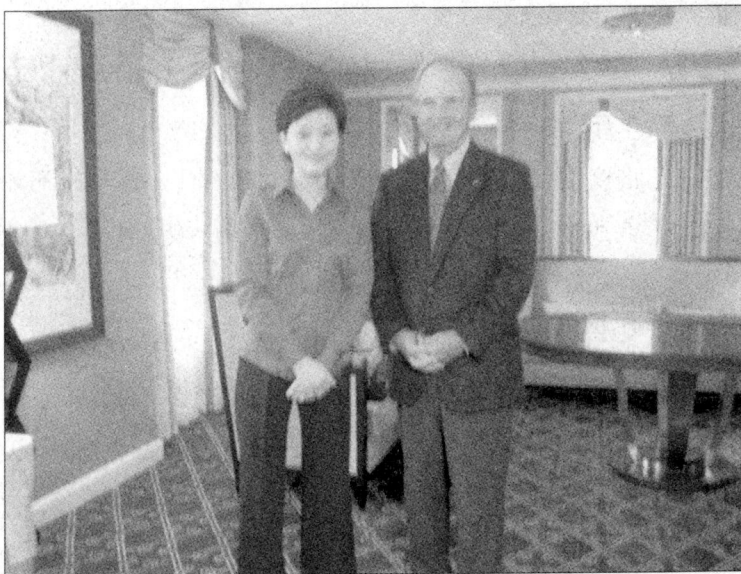

场面。

尤伯罗斯　我生活在现在和未来，我从来不是生活在过去。

杨澜　在闭幕式上当人们呼喊你的名字时，为你欢呼为你鼓掌时，你的感受如何？

尤伯罗斯　我更关心的是我们站的舞台有点湿，舞蹈演员还要上台来表演，所以我要努力记住，我一下去就要告诉工作人员，在音乐响起前把舞台清扫一下。

杨澜　实际上你根本没有享受那种荣耀和庆贺，因为与此同时你还在担心其他事情。

尤伯罗斯　的确如此，我总是在担心，直到最后一个运动员都离开了，我才能放松下来。

杨澜　我很想知道，当事后你看到账单上两亿多的赢余时，你是什么反应？

尤伯罗斯　我感到非常惊讶，首先，我没想到会有这么多，因为我们不知道大家都买了票去看比赛。

杨澜 谁最后拿到了这笔钱？

尤伯罗斯 一半给了美国奥委会，因为它都破产了，其余的成立"LA84 基金会"来资助青年体育运动。

杨澜 洛杉矶奥运会之后，是不是看起来好像你什么都不在话下了？

尤伯罗斯 我成了《时代》杂志当年的年度人物。我去商店去看有没有这回事——因为有人给我打电话，我说没这回事——所以我去了我们住的那个地区的商店，然后我就看见了，我说，哇，我想把这些《时代》杂志都买下来。商店的人说，不行，我必须留着卖给我的常客。我说如果我是封面上那个人，我可以全买吗？他说当然可以。随后的几天，我每天都对家里人说，我们能在一起真是太好了。我妻子对我说，把垃圾拿出去扔了，我意识到我只是个普通人，我还得倒垃圾。那段时间我曾觉得自己挺了不起，之后就再没有这么想过了。

洛杉矶奥运会圆满落下帷幕之后，尤伯罗斯前往纽约，就任美国职业棒球联盟总管一职。5 年任期结束之后，棒球联盟的 22 支球队全部扭亏为盈。此后，尤伯罗斯最引人注目的举动是于 2003 年作为独立候选人与施瓦辛格等人参加了加州州长的竞选，但随后又宣布退出。2004 年 6 月，尤伯罗斯当选为美国奥委会主席，这一职务的到期时间是 2008 年 11 月。

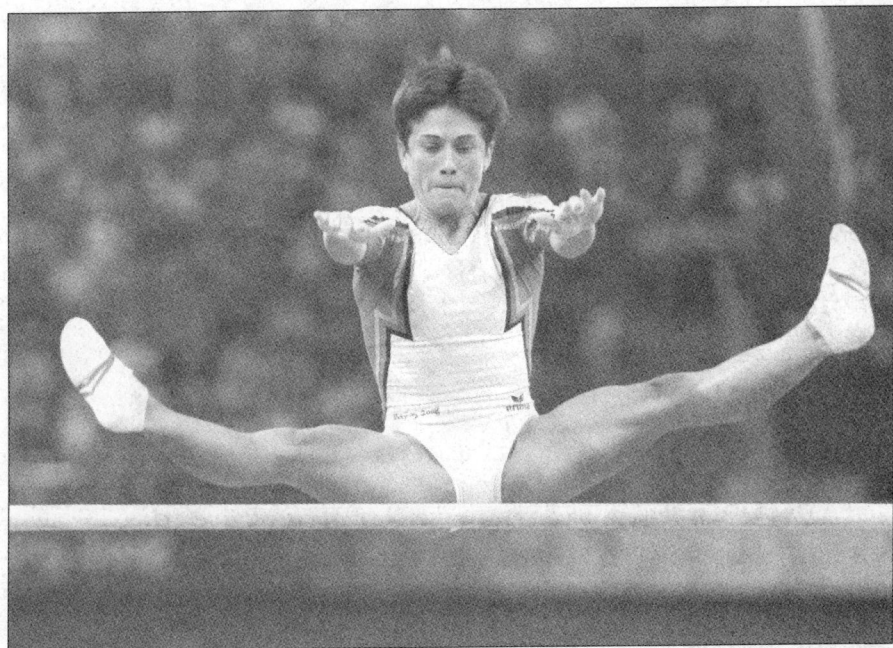

母爱创造体坛奇迹

奥克萨娜·丘索维金娜　Oksana Chusovitina

奥克萨娜·丘索维金娜　Oksana Chusovitina

德国体操运动员

出生于 1975 年 6 月 19 日

身高 1 米 52

体重 44 公斤

丘索维金娜代表独联体参加了 1992 年巴塞罗那奥运会，获得女团冠军。代表乌兹别克斯坦 1996 年参加了亚特兰大奥运会，2000 年参加了悉尼奥运会，2004 年参加了雅典奥运会。2008 年丘索维金娜代表德国队参加北京奥运会，并获得女子体操跳马项目的银牌。

2008 年 8 月 17 日，北京奥运会女子体操跳马决赛，一位来自德国的
选手第五个出现在起跑点上。深呼吸，起跑，她的脚步扎实而有力，
起跳，腾空，她的旋转稳健而美好。在她稳稳落地的那一刻，赛场欢
呼声四起，而她静静地挺立。16 年前，她代表独联体在巴塞罗那夺
得体操女团金牌时也是以这样的姿势静静地挺立，只是 16 年的光阴，
在她的脸上变成了一道道岁月的痕迹。跳马银牌、全能第九，所有的
参赛项目无一失误——这就是 33 岁的丘索维金娜为体操、为奥林匹
克创造的伟大奇迹。

杨澜	首先非常恭喜你，这一次的跳马你获得了银牌。那么在跳马当中，你选用了丘索维金娜跳，这个动作你最早是在什么时候跳过？
丘索维金娜	谢谢你的祝贺。2003 年我第一次跳了以我的名字命名的丘索维金娜跳，是在那一年的世界锦标赛。
杨澜	这次再跳的时候与你当初跳这个动作时感觉上有什么不一样？
丘索维金娜	我那时候还很年轻，没有意识到，那时是很轻松的。但现在我明白了我到底做成了什么，我感到非常自豪。我在 33 岁还能够完成这个动作，我希望全世界都能够知道体操训练可以进行到任何年龄。
杨澜	在跳马决赛的这一天，你会不会感到有一点点紧张？
丘索维金娜	这不是我的最后一次表演，我感觉自己的状态非常好，在幸福的七重

天堂。

杨澜　　　　与比你小 20 岁的其他运动员站在一起时，你觉得你的优势在什么地方？

丘索维金娜　我认为每一个运动员都是很强的，不能说谁更弱谁更强。我想我取得胜利是因为我比她们多一些经验吧。因为我参加了很多次大型比赛，所以我觉得我可能在经验方面比她们强一些。而且当你已经有了家庭、有了儿子，比赛的时候会更轻松一些。因为你知道在家里有亲人为你加油，而且当你回到家，等待你的不是你一定要胜利，他们等待的是你。即使你失败归来，你也是胜利的。

杨澜　　　　现在的女子体操难度越来越高了，你觉得这个方面你需要更多的时间吗？

丘索维金娜　其实我的动作并没有在比赛中完全表现出来，因为还需要一段时间，我没有完全准备好。原则上我还可以做更复杂的动作，而且我的有些动作除我之外还没有人能做。

杨澜　　　　有没有受到一些伤病的困扰？

丘索维金娜　有很多伤病，想起这些伤病就会觉得很困难。我的膝盖有很重的伤病，它让我没有在世锦赛上很好地比赛。但我要和这些伤病进行不断的战斗。我认为如果你有一个意愿想做什么，那么你就可以做到。

杨澜　　　　这已经是你参加的第五次奥运会了，而且这次获得了一枚银牌。这枚银牌对于你来说意味着什么呢？

丘索维金娜　这对我来说意味着太多了。因为在经历了为我儿子所做的所有事情之后，这所有的一切都沉淀在了这里面，在这之前有一段非常非常困难的时期。训练和所有的生活，就是为了活下去。所以当我获得了这块银牌，它对我来说是最珍贵的，我要把这块奖牌送给儿子

杨澜　　　　在比赛之后，你什么时候跟儿子通了电话？你对他说了什么？他又对你说了什么？

丘索维金娜　我每天都和他通话，今天也打电话了，因为他已经开学了，我要经常了解他的学习和他做了些什么。比赛结束后我也给他打电话了，他告诉我："妈妈你是最好的，是最漂亮的。"

奖牌送给孩子，这是北京奥运会无数感人的奖牌中最为闪耀母爱光辉的一枚。1999 年，幸福的丘索维金娜收获了自己爱情的结晶，阿廖沙。然而三年后，儿子身患癌症的消息犹如晴天霹雳，打破她原本平静的生活，为了支付巨额的医药费，27 岁的她回归体操赛场，她由一名单项选手向全能发起冲击，她在训练中不敢停，更不敢伤，她坚毅的脸庞镌刻了一位无私的母亲太多的爱、艰苦与梦想。

杨澜　　　　在最艰难的这段时刻，一方面要训练、要去参加比赛，另一方面要照顾孩子，你是否发现自己有很多潜在的能力得到了挖掘？

丘索维金娜　我可以说每一个女人都有为自己的孩子做一切事情的本能。在那个时候会发现自己有那么大的力量，这种力量可以打倒不幸、打倒灾祸。

杨澜　　　　刚刚做妈妈时的感觉是什么样的？

丘索维金娜　感觉你给了人生又一个生命。我所有的一切都准备献给我的孩子。

杨澜　　　　你是在什么样的情况下了解到自己的孩子得了白血病呢？

丘索维金娜　我是在釜山亚运会上知道了这个消息。比赛结束后，我打电话回家，他们告诉我阿廖沙住进了医院，那个时候我还不知道他到底怎么了。我们回到塔什干的家后，开车去到医院时我知道他得了白血病。那个时候我完全不能说话了，更不能相信我的孩子会得这种病，这非常沉重。

杨澜　　　　你带着他去了多少家医院才接受了这个事实？就是孩子真的得了这样

一个非常难治愈的病。

丘索维金娜 那个时候没有思考的时间，我告诉自己，我要做所有的事情，只要我的儿子能够痊愈。

杨澜 我知道在癌症的治疗过程中，像化疗放疗都是非常痛苦的事情……对于你来说最艰难的是什么时期？

丘索维金娜 当我们来到德国以后，阿廖沙进行了七次化疗，最困难的是第三次之后，因为那个时候他已经开始脱发，不能走路，也无法说话了，那是一个最危险的时期，医生告诉我们，他要么活过来，要么死去。那些天，我不知道为什么对于我来说，一个小时就像一周那么长，因为我们一直在等待检查的结果，一直在等以后会发生什么，这是最困难的时期，差不多有半年的时间。那个时候我想我已经不能坚持了，但是我对自己说："你能坚持，你能行，你是强大的。要永远从好的方面去看才会有好的结果。"这段时间是最困难的。

杨澜 那个时候作为一个母亲你能做一些什么来缓解孩子的痛苦呢？

丘索维金娜 我经常到医院去看他，我在他的面前从没有哭过，在他面前我任何时候都没有悲伤过，我永远都在笑，很努力地和他一起玩耍，虽然这很困难，尤其是当你只要来到医院就感觉非常不好的时候。

杨澜 好像有差不多一个月左右的时间你晚上都睡不着觉，是这样吗？

丘索维金娜 甚至可以说我们都没睡觉，因为在他病危的时候，发高烧会到 41 度，有时身上还会有伤口，所以我害怕睡着，我怕在这个时候会发生什么，那样我绝不会原谅自己，所以我和丈夫一直在换班，如果很累了，那就我睡一会儿，他坐着看护。就这样，我和丈夫两个人守着床，听着阿廖沙还有没有呼吸。我没有每天都去哭，因为如果要是那样，我也坚持不住了。我去参加训练，从医院和这一切中暂时解脱出来，因为我想如果总是坐在医院的话，不会有任何一颗心脏能够坚持下来，因为你会看到那么多孩子在生病。但是在他住院的这两年期间，我哭了那么多次，在一生当中我都没有哭过那么多次。

杨澜 那个时候有没有觉得上天非常地不公平，为什么这样的事会发生在我的孩子的身上？

丘索维金娜 我认为每一个母亲都会这么想的，因为他才刚刚开始自己的生命，还什么都没有看到过就发生了这些。

杨澜 我相信，在孩子生病的时候你也给他过过很多次生日，哪一次的生日让你最难忘？

丘索维金娜 对我儿子来说、对我来说，每一个生日都是难忘的，最幸福的生日是在家里的那次，而不是在医院里，那是最好的一次生日了。好朋友们都来祝贺他，因为他已经不需要和其他孩子隔离了，那是第一次允许我们送给他蛋糕了，而在医院时这样是不允许的，因为医院里有很多孩子会被感染的。他非常开心，他吹了三次蜡烛，吹完一次，他又让再点燃，再吹，他还自己吹了气球。最重要的是，他自己走过去，把蛋糕分给所有人，因为他终于可以重新开始走路了。

这样美满的生日，是母亲丘索维金娜用无数泪水和努力换来的。为了给孩子治病，身为母亲的丘索维金娜变卖家产，辗转求医，德国体操界鼎力相助，使得孩子在科隆接受了先进的治疗，一家人最终绝处逢生。而在这位母亲的身后，历史的风云也在不停地变幻，从青年时代拿遍前苏联所有的体操奖项，到17岁时以独联体的名义折桂巴塞罗那，从代表家乡乌兹别克斯坦三次出征奥运，到2008年的北京奥运会上为德国队披上战袍，这位女性写就的，是一段大爱无疆的传奇。

杨澜	当德国队向你发出邀请，邀请你去德国的时候，他们的什么条件最打动你？
丘索维金娜	很简单，他们找到了医院。
杨澜	我知道，当时孩子要到德国接受治疗大概需要十二万欧元左右的费用，这个费用对于你和你丈夫当时每个月的收入来说意味着什么呢？
丘索维金娜	我们挣钱非常少，这些是不够的。但是全世界都帮助了我们，很多体操界人士，还有普通的人们。我非常感谢他们把我们从这个灾难中解救出来，我可以说是全世界帮助了阿廖沙重新站了起来。
杨澜	当时你花了多少时间作出去德国的决定？
丘索维金娜	我们从釜山亚运会回来是 9 月底，一个月后他已经去德国住院了。
杨澜	当你得到这个消息的时候，你和你的丈夫是不是非常非常开心？
丘索维金娜	是的，我全都记得，就像现在发生的一样，我永远都不会忘记。我们非常开心，觉得这个病很快就会好。我想每个父母都盼望自己的孩子一切都好，最主要的是要健康。那个时候我明白了，在生命中没有比孩子和健康更珍贵的了。
杨澜	在这几天，中国很著名的体操运动员李宁的基金会也给了你一笔资助，能够得到这一笔资助，对于你来说是一个意外吗？
丘索维金娜	我非常感谢，说实话，我感动得差一点就要哭出来了，因为这是很令人愉快的。我想这些钱我会全部给儿子花，他需要什么，或者在学习上需要什么，或者在别的方面，这些钱只会给他花。
杨澜	李宁也说到，在 1992 年的巴塞罗那奥运会他看到了你的比赛，那时候你是代表独联体参赛的，后来独联体代表团获得了女子团体的冠军，你是这个团体中的一员，在那样一个年纪，金牌对于你来说意味着什么？
丘索维金娜	那个时候我们还是孩子，我想我不明白这意味着什么，只是随着年龄的增长和时间的推移，才明白什么是奥林匹克奖牌。我们只知道我们

胜利了，这挺好的，但也就是这样了。那个时候刚好前苏联解体，大家就离开那里回自己的国家了，现在我明白了那个时候发生了什么。

杨澜 刚刚去德国，要为另外一个国家去尽自己的力量去争夺奖牌的时候，会不会心理上要有一个调试的过程？一开始会觉得很适应吗？

丘索维金娜 我习惯了，因为我必须习惯。我出生在乌兹别克斯坦，并在那里生活，那里永远是我的祖国，那儿有我的很多朋友，我搬到德国后每年要回塔什干两次，看望朋友们和他们聚会，而德国，我可以说，她是我的第二个家。

杨澜 当你代表德国队出战的时候，你的祖国乌兹别克斯坦的运动员会不会对你有某种敌视？

丘索维金娜 他们还是对我非常好的。当比赛结束后我获得了银牌，甚至乌兹别克斯坦的领导人还打来电话祝贺我，送给我鲜花，我很开心，更加令我感到快乐的是，不仅是德国人民为我加油，乌兹别克斯坦的人民也都在为我加油，我非常感谢他们。

北京奥运会上，面对来自故乡乌兹别克斯坦和第二故乡德国的祝福，丘索维金娜露出了久违的笑容。从 2002 年孩子患病，到 2008 年决战北京，六年的时间，足以让一个人老去，但六年前为了挽救孩子的生命重回赛场的丘索维金娜，正是因为这一回归，对体操产生了深深的眷恋，而将运动生命保持至今。在跳马的腾空中，在高低杠的翻飞里，在平衡木的落地处，人们终于看到那个一直心事重重的母亲选手今天正在快乐地享受体育本身的魅力，她说，她是世界上最幸福的女人。

丘索维金娜	我现在轻松了很多，因为心解放了出来，可以轻松地呼吸了。但是每三个月我们还要去作一次血液检查，而且我们还要再等两年，这两年病情还可能会复发，但是像以往一样，我坚信一切都会好的。
杨澜	你现在可能经济方面的压力会减少了很多，那么你继续从事体育的原因是什么呢？毕竟在这个年龄很多的运动员都已经退役了。
丘索维金娜	所有人都离开了，可我留下来了，因为我喜欢这个体育项目，我爱体操。而且现在正好是我经历了所有事情的时候，我心里十分通透明了地参加每一个比赛，并且从中享受到快乐。
杨澜	你还记得最早是什么让你爱上了体操吗？
丘索维金娜	我记得八岁的时候我和弟弟一起学习体操——因为他在学习体操，而我不想一个人在家就和他一起去了——我只是走进了大厅就喜欢上了它，但是弟弟三个月后就不学了，而我却留下了。我的父母教育我，如果你做什么就要认真去做，所以当我开始喜欢上体操后，我甚至从没有想过放弃它去学别的运动项目。从第一天起我就喜欢上了体操，可以跳，可以跑，可以做各种动作，因为我是一个很好动的孩子。就这样开始了，直到现在我一点都不后悔。
杨澜	有的时候你对体操会不会产生一种又爱又恨的情感？没有得到奖牌的时候，输了的时候，因为练体操而有了很多伤痛的时候，你也不恨体操吗？
丘索维金娜	我爱体操，我的伤痛或者失败是我的错误，不应该怪罪体操，体操没有过错。我都是总结自己，保证以后这样的事不再发生。我认为体操永远会留在我的心里，没有任何一个运动项目可以代替体操。因为我把我的所有给了体操，而体操也把它的所有给了我，所以在运动项目上，体操在我心里永远是第一位，而其他方面……当然，家庭对我来说最重要。
杨澜	你的孩子是一种什么样的性格，像你吗？

丘索维金娜 　非常像我的性格——很倔强、不服输，想做什么一定要做到。比如
　　　　　　说，他开始学体操的时候，我对他说也许我们去学别的体育项目，比
　　　　　　如网球或者足球吧，我们差不多斗争了一星期，但是他还是说不，我
　　　　　　要学体操，我没有办法说服他。

杨澜 　你会带着儿子一块去体操房吗？他现在已经会做一些什么样的动
　　　　作了？

丘索维金娜 　不，他只是初级体操，复杂的动作他还不能做，因为这些都需要时
　　　　　　间，但是我想如果他这么喜欢我是不会反对的。

杨澜 　他起码会倒立了吧？

丘索维金娜 　对，他会倒立了，还会空翻，但是还不能做得那么有难度，像其他运
　　　　　　动员做的那样。

杨澜 　如果你的儿子问你，妈妈，奥林匹克是什么？为什么你还要去参加这
　　　　个比赛？你会怎么样告诉他呢？

丘索维金娜 　我会告诉他所有关于奥林匹克运的故事，而且我有录像，我不光会说
　　　　　　给他听，还会放给他看。如果他问我："你还参加奥林匹克运动会

吗？"我会回答他："我的孩子，现在该是你去参加奥林匹克运动会的时候了。"

杨澜 在生活中经历了这样的一番磨难之后，你觉得你最终获得的是什么？

丘索维金娜 所有想要的我都得到了，我有儿子、丈夫，我是世上最幸福的妈妈和妻子，因为我拥有了一切。他们爱我，我也很爱很爱他们。

在采访过程当中，我发现丘索维金娜对自己所走过的艰难的日子总是轻描淡写，一带而过，她不愿意人们因为她的苦难记住她，她更希望人们记住她灿烂的笑容，记住她是一名幸福的母亲、幸福的妻子和一名骄傲的体操运动员。

揭开颁奖音乐的秘密

谭 盾

15

谭　盾

著名作曲家

出生于 1957 年 8 月 18 日

谭盾为 2008 年北京奥运会谱写了颁奖音乐。

在奥运会当中颁奖仪式是倍受瞩目的，这也就是为什么历届的奥运主办方，都会挖空心思，尽可能地在这一短暂辉煌，而且不断上演的时刻，展现本民族最优秀的文化传统，中国是礼仪之邦，礼乐在我们传统文化中不仅是一种仪式，能带来审美上的愉悦，同时它也象征着文化的追求和某种社会规范。在 2008 年的北京奥运会上，我们欣赏到的颁奖音乐，正是由著名的作曲家谭盾先生带来的金声玉振。

杨澜 我听说最初奥组委的人来找你，希望你能为颁奖仪式谱写音乐的时候，你居然感到很紧张，我跟你认识这么多年，你什么时候紧张过？你永远很自信。

谭盾 这一次紧张，是因为给自己崇拜的英雄去作曲，我还真的从来没有这样做过，我知道贝多芬做过一次，《英雄交响曲》是为拿破仑写的。为自己最最崇拜的英雄、冠军去做，第一，你做什么样的音乐？第二，冠军听到这个音乐是什么感觉？最最使我紧张的是，奥组委的领导告诉我说，这个音乐要播放很多很多次。

杨澜 多少次？

谭盾 可能要几千次，特别是我还做了标志音乐，它只有 20 秒，但是所有的广播、电视，包括场地的开放和关闭……每天所有的场合，包括外国对中国的介绍都会用这个音乐，这个音乐会用一万多次。

杨澜　什么音乐能够经得起听这么多次？

谭盾　而且灵感在哪里？灵感在哪里？

杨澜　我想还有一个压力，就是这个音乐需要短，在很短的时间，要有一种旋律和主题让人家能够记得住，又能够适合当时的气氛。

谭盾　根据对历来颁奖音乐的研究，我觉得有三个很重要的因素：第一，一定要恢宏高贵，要充满着博爱的精神，同时要有一种非常强烈的荣耀感。无论你用什么样的文化去做，但是这个东西是要存在；第二，音乐结构要有奥运的传承性；第三，我觉得对我来说是最有意思的，也就是说，这个音乐一奏，别人一定要知道，这既不是雅典，也不是首尔，更不是洛杉矶，这是北京，而且中国是一个充满底气的民族，充满了未来的壮气的民族。

杨澜　把你这么多标准加在一起之后，没法动笔了，不知道怎么写了。

谭盾　我不知道方向在哪里。苦闷了三四个月，正好那个时候，中国奖牌设计发表了，金镶玉一样的东西，我觉得这个东西好得不得了，金玉良缘。如何把金玉良缘形成一种音乐的东西，我一直找不到。后来，跟太太去上海梨园喝茶，在吃甜点的时候，我抬头一看，一块匾，"金声玉振"，我说这个匾是音乐的匾吗？因为跟声音，跟振动有关，跟声音的物质材料有关系。后来我说，哎呦，金声玉振，金玉良缘，不是一个视觉一个听觉，天衣无缝嘛！那我回去就查，找辞海里边找，打电话给博物馆的朋友们，特别是湖北博物馆的马叶平同志。

杨澜　编钟。

谭盾　我说小马，你赶紧给我查一下金声玉振，除了音乐的材料、音乐声响感、音乐的和弦感以外，它的哲学在哪里？后来，我们查了很多的资料。

杨澜　好像是孟子赞颂孔子的一句话，说他是集大成者，金声玉振之业嘛。

谭盾　对，出处是这样的，确实是。后来我们就决定，在旋律的符号方面，把

《茉莉花》的某些东西演化，这个事情是群策群力的一个结果，所有群众和领导们都觉得《茉莉花》这个符号，从普契尼、《图兰朵》，一直到香港回归，都是它，申奥片里也有。我发现这个符号很容易找到。

杨澜　很有亲和性。那我想，说到这个乐器的制作、音乐的采集，还有声音的采集，我知道现在的编钟已经轻易不让人们再去敲击和使用了，所以这次用的编钟的声音还是 1997 年香港回归时采集的声音，是这样吗？

谭盾　对，香港的回归真的是一个和平的巨大的事件，我们特别想把过去跟未来的这种感觉做出来，当时我跟马友友先生特别有一种想法：是不是编钟可以成为过去的声音，而儿童、小孩子的歌唱成未来的声音，那么大提琴，则是历史回顾的桥梁。我们两个就说一定可以找到这个机会，听听原件的声音，听听两千四百多年前的声音是什么样，后来我们找到了找江主席，打报告给中央，后来江主席特批了一次，说"可以用一次，敲一次"。后来，我们就开始琢磨，很多人……

杨澜　你拿到这个批件的时候，如获至宝。

谭盾　但是有两派意见，一派就是说，敲一次就是说"嘣"，就是一次；另外一派比较体会我们的人，就说把这个音乐一次做好。

杨澜　你当然喜欢后来这一派。

谭盾　后来两派持续不下，最后可能还是理解我们，半夜的时候……

杨澜　天地之声。

谭盾　所以到了半夜的时候，我们在博物馆里，把这个声音一次性采录下来，存到了电脑里面。

杨澜　我很想问问你，你听到第一声给你带来的感觉是什么样的？

谭盾　我当时感觉好像地球在抖。为什么呢？因为这个声音从那么遥远的年代传到今天，这个物质的东西由那么遥远的年代的人制造，他们期望着在几万年以后的某一天，仍然有未来的人可以通过某种精神和物质的媒体传递他们的感受，尽管我们的头发、我们的骨头、我们的皮肤都不在了，但是精神的交流是永恒的。当时我感觉非常神奇，那种感觉持续到了我创作奥运音乐的时候，我想到了金声玉振，把我们过去和我们的当代，演化成另外一种未来，又传递给 2000 多年前或者 2 万多年以后的人。

杨澜　未来的人。

谭盾　我觉得做音乐一定要有这种态度，就是说，永远把探索传统的目的，放在创新和发明上。

杨澜　其实这几年，可以说没有不可以进入的你音乐的，无论是从纸啊，到陶啊，到石头啊，你都可以做成纸乐、水乐，而且同样做得让人激情澎湃。这一次玉磬你是怎么来制作的？跟古代的玉磬，我相信，不是一回事吧？

谭盾　跟古代的玉磬当然不一样，古代的做石磬、玉磬的制作方法比较简单，而且发声的声音形态是一种声音，但我们这一次做了很多声音或者颜色，我始终是把声音还原成颜色来理解的，我觉得这样比较容易。我们说红色的声音、蓝色的声音、白色的声音……就把这种颜色用玉磬表达出来，现在的科学发展了，我们可以在一个玉石的外观没有任何改动的情况下，在里面做很多很多的改造，我们可以把一块玉石全部掏空，就像有一根针一样，做成一个隧道在里面，当这个玉石里面有一个隧道的时候，它的声音是很不一样的。比如说像我身后的玉磬，你看它是方的，方玉钟，我们也有圆玉钟，那么这个方圆本身就是很有文化底蕴的，那么同时，我们想把方圆的玉磬，做成超越时空的、未来的一种装置艺术，一种视觉音乐的感觉。那么这就是一种未来感。

杨澜　好像你这次做玉磬，不仅仅是做了一套两套，而是有不同的规格？有很大件的玉磬？

谭盾　最后我跟湖北马叶平先生一起差不多做了一百二十多件，最大的是两米多。做这个乐器过程中间，其实也发生了很多有意思的故事，我们做出

第一批样子的时候，南方发生了雪灾，他说这个东西我一定要开车送到上海来给你看，他就开车，正好遇到暴风雪，结果他们的车打滑，整个一箱玉磬全部撒了，撒得到处都是，破了一半。

杨澜　哦，就从山上都滚下去了。

谭盾　对，当时我们做玉磬，整个研究投资都是我们两个自己在弄。

杨澜　你成了开矿的老板了，是吧？

谭盾　是，我们像开矿的人，我们常常要到湖北的襄樊寻找那些最有意思的玉石，因为石头是这样的，有时候好听但不好看，有时候好看不好听，就像人一样。找到一块，比如说，我们做两米的那个玉磬的时候，我们找到了一块一吨重的巨大的石头。

杨澜　而且要是玉石，是吧？

谭盾　其实石头本身有很多音乐性，但是如果用玉石的话，视觉和听觉更完整。

杨澜　干吗要费这么大的力气？坐在体育馆里的人为冠军喝彩的时候，谁分得清楚你这是什么古代的磬、现代的磬，什么白玉的磬、青玉的磬，为什么要花那么大……

谭盾 我觉得音乐和体育有共同之处，你想，体育冠军的形成比这个更复杂，陈燮霞当冠军的训练，真是两年没回家，我们两三个月在山里采石头跟那比算得了什么？但是同时，我觉得音乐理念的形成，跟体育冠军的形成是很相似的，至少精神上是完全一致的。最后我们就发现，作为音乐跟体育的这种磨合，其实不光是互通，而且是互相的刺激、影响。我觉得为体育做音乐，或者是体育给我反馈的音乐灵感，我是非常幸运地体会到了。

揭开颁奖服饰的秘密

郭　培

08. 8. 10

郭　　培

著名服装设计师

郭培为 2008 年北京奥运会设计了颁奖仪式的礼服。

历时一年多的设计修订，五万多小时的手工制作，两百八十多件奥运颁奖礼服从她手中诞生。《杨澜访谈录·东方看奥运》马上为您揭秘背后的故事。

杨澜　　你好，郭培。

郭培　　杨澜，你好。

杨澜　　谭盾说他在接到奥组委请他制作颁奖仪式的音乐的请求时，觉得很紧张，我不知道你一开始在接到这个任务来设计颁奖仪式服饰的时候，你的心情是什么样的？

郭培　　应该讲我没有紧张的感觉，我就是很兴奋，就好像等待已久了，很轻松地……

杨澜　　非我莫属。

郭培　　有一点，这件事情我做起来应该是很顺手的，因为我很擅长。

郭培的这种把握并非毫无原由，作为中国最早的定制礼服设计师。她的作品成为国内一线女星最早接触的定制设计，近几年的春节晚会上，百分之九十以上的服装都来自郭培的工作坊。2001 年，中国申奥代表团所有女成员的礼服都是由她设计定制的。与奥运最初的缘分，使郭培在设计奥运颁奖礼服时自信满满，初稿设计只用了一个小时就完成。

杨澜	什么时候开始感觉到紧张和压力了？
郭培	奥组委的很多官员对颁奖礼服特别地重视，他们希望服装体现的内容特别多。
杨澜	你能说说有哪些要求吗？
郭培	要求传统与现代的结合，还有竞技精神、体育和文化的结合，还要表达出东方女性内在的东西，而且强调不要旗袍，不要汉服，不要非常清楚的……就比如说像龙啊凤啊这些纹样全部取消。
杨澜	大家都知道不要什么，对于要的那个东西……
郭培	开会时，我记得所有入选的选手坐下来一排，领导和很多专家评委、评审一件一件地说作品的问题的时候，我感觉到自己的设计有点考虑得不成熟，要从头来。
杨澜	为什么说从头到来，你推翻了什么呢？
郭培	我最初用的是西式的结构，有点儿像西式的晚礼服，大胆地用了露背装，我觉得现代女性应该呈现出一种国际化的风范，露背的设计确实很现代、很时尚，可是呢？有一点和东方传统的美冲撞，东方女性讲究脖颈曲线，这个领子一旦被约束之后……
杨澜	你的脖子要挺拔了。
郭培	包括那些礼仪小姐，我的露背装她们穿起来很漂亮，但是对她们来说可能缺少了一种约束，这种约束是应该有的，而且在仪式中是有必要的。东方女性和西方完全不同，我们女性的美其实是从里面慢慢渗透出来，而不是一下子能看到的、很张扬的。
杨澜	不是一览无余的这种，需要慢慢地来品味。
郭培	腰封是汉代服饰中的一个亮点，我用很宽的腰封，让人感觉到一种强

势，其实那时候我的态度是突出这种强势，用了龙，用了凤，盘金绣，而且腰封很宽。

杨澜　这样人很挺拔，很有力量感。

郭培　仪式感很强，能体现中国大国的强盛，我就是想体现这样的东西。

杨澜　后来呢？

郭培　后来我感觉到好像不行，我们进行了9次修改，我记得有一次市长说这个腰封能不能窄一点，最开始我并没有完全理解，我……

杨澜　半公分。

郭培　我就减了一公分，第二次他看的时候，就说能不能再窄一点。我说也可以，不过呢，我觉得宽的好看。他说你试试再窄一点儿。我又窄了一公分。第三次他说你是不是很不想去把它弄窄？我说没有，没有。

杨澜　跟有态度问题了似的。

郭培　我突然间想，他其实不是想让我把腰封缩窄，我突然间领悟到，在整个画面中，服装不是最重要的，它必须让人看到，也能体会到服装体现出来的含义，但是又不能够让人把目标停留在上面，当中这么一个度，要把握这个度，所以后来就不断地做减法。

杨澜　所以后来改到这么窄了。那上边的图样也有改变。

郭培　开始是龙，这是改窄以后的龙凤，最后变成花、花纹，开始体现的那种强势慢慢地在削弱，慢慢变得柔和，变得内敛。

杨澜　再亲切一点。

郭培　整个图案变得祥和。

杨澜　能告诉我制作这样一套礼服，它的成本是多少？它要花多少时间来进行刺绣和制作？

郭培　因为我们是单量单裁，调试的过程非常复杂，它完全是高级定制的程序。280多件，每件都要250个工时。

杨澜　乘起来一共是将近5万个工时，250件乘以200相当于5万个工时，不

可思议。

郭培　所有服装都是一针一线做的，真是，我们整整两个多月没有休息。

杨澜　你为什么花 250 个小时来制作这样的衣服？因为在镜头前，礼仪小姐的身影一晃就过去了，没有人会拿着放大镜说这是什么绣，这个是什么北方的什么宫廷的绣法，这个是南方苏州绣法，谁会去在电视上看……干吗做 250 个小时？你可以做 150 个小时。你可以描金线，你可以印上图案。

郭培　其实我觉得对奥运真的太重视了，即便你看不出来机绣和手绣，在镜头上你看不出它们的差距……我心里面当时也讨论过是否用机绣来完成，但是从我心里来说，我愿意赔很多，我也不愿意做机绣，我自己不能够……我觉得这个就是我们对奥运的一种态度，即便你看不出来，但是我相信你感受得出来。

很少有人知道，在郭培倾注心血赋予这些艺术品生命的过程中，有一个小生命在她身体中孕育着。

杨澜	在整个设计和制作过程当中，你正好怀孕生孩子，这个对于女性来说在身体上和精力上是一个很大的挑战，会不会有人说这人大肚子还设计什么，回家生孩子去吧。
郭培	确实有这种情况，我们专家领导说："郭培，你行吗?"家人都有这种担心的。
杨澜	怕你顶不住。
郭培	我说放心吧，不会的，
杨澜	可是在这期间真的没有身体不适吗? 腿会肿吗?
郭培	我觉得人的精神是很重要，你紧张的时候反而体会不到这些了，我做了二十多年的设计，第一次感觉到设计这么难，把旗袍都设计遍了，突然有点迷失了，这设计还要怎么去做呢? 还能怎么做得更好呢? 到了这种状态，而且那个时候紧张得感受不到怀孕有什么不一样的。
杨澜	你生孩子之前多久才休息的?
郭培	我 15 号生宝宝，大概 14 号住院的。
杨澜	在这之前一直在工作。生完孩子多久出来的?
郭培	7 天，然后第一件事情就是到公司为奥运礼服忙，整个评审组到公司来看进度。
杨澜	大家看到你的时候……
郭培	大家看到我的时候说："来了，郭培，你怎么挺好的?"
杨澜	这家伙不做月子的。
郭培	你真的来了——就是这样，大家对你有一种信任，你没有辜负他们对你的信任。"太好了，你还真的来了。"就是这样。
杨澜	小宝宝做出了一点牺牲。
郭培	我年龄大，宝宝生得比较小，我说一定要保证母乳，我是希望喂他，但

上班了，每天不能按时喂他，奶水越来越少，不是我最后不能坚持母乳喂养，而是没了，这个和我的紧张情绪有一点关系。

杨澜 不觉得会有一种愧疚感吗？

郭培 多少会有一点点。我想他长大了，如果他了解了这个原因，我觉得这就是最好的弥补，奥运这些礼服设计得成功，也就是给他的一种弥补。

虽然奥运颁奖音乐只有数十秒，虽然礼仪小姐的身影往往在镜头前一闪而过，但是正是它们共同组成了奥运赛场上最荣耀的时刻，也成为了每个运动员最美好的回忆，同时也给世界留下了一个难忘的中国印象。

举出世界　举出未来

龙 清 泉

17

繼壽明

2008.8.12

龙 清 泉

中国男子举重运动员

出生于 1990 年 12 月 3 日

身高 1 米 56

体重 56 公斤

2008 年北京奥运会获得男子举重 56 公斤级金牌。

奥运比赛当中，中国的举重队一直是一个夺金大户。在比赛开始之前我们罗列了一些很有希望夺金的运动员的名字，我必须承认，在这个名单当中，没有"龙清泉"这三个字。当他获得56公斤级冠军的时候，所有的人都惊呼一匹标准的黑马出现了，媒体甚至为他罗列了六宗"最"：最小，年龄最小；最轻，体重最轻；最嫩，资历最嫩；最先，最先出场；最稳，动作最稳；至于最重，对于一位举重冠军来说，这还需要解释吗？

2008年8月10日，湖南省湘西自治州龙山县。在这样的一个夜晚，人们燃放烟花来庆祝一个胜利，这样的欢庆一直持续到第二天，他们敲锣打鼓，穿街过巷，极尽所能地释放自己的热情，而所有这些都是因为一个名叫龙清泉的18岁小伙子，他最新的头衔是北京奥运会男子56公斤级举重冠军。而中国上次获得奥运会最小级别的男子举重金牌已是十二年前的历史。

杨澜　小龙，首先再次祝贺你获得了56公斤级的冠军，这两天这块金牌放在什么地方？不离身吧？

龙清泉　第一天放在枕头下面睡觉。

杨澜　这一觉睡得香不香？

龙清泉　特香。

杨澜　　有没有做美梦？

龙清泉　做了。

杨澜　　站在领奖台上的那个时刻是你期待已久的，还是出乎你自己的预料？

龙清泉　可能算是出乎自己的预料。之前我们教练跟我有过交流，他说有机会你一定要好好把你自己展示一下，把成绩拿出来给大家看看。

杨澜　　你平时训练的最好成绩据说有 296 公斤？

龙清泉　305 公斤。

杨澜　　那决赛的时候，最后的成绩是 292 公斤，是你有所保留吗？

龙清泉　大家都为我加油，我也给自己鼓劲，没想到最后失败了，可能是太兴奋了，忘记了把动作做好。

杨澜　　但你还很高兴地原地跳了一下，遇到这样的事情其他运动员可能会觉得挺遗憾的吧？

龙清泉　那时候我已经拿下了金牌，所以不管是失败还是成功……

杨澜　　这是你第一次参加奥运会。

龙清泉　对。

杨澜　　站在奥运会的赛场上跟你以往参加国内外的比赛，情绪和氛围有什么不同？

龙清泉　其实我当时也没有想那么多，就是把比赛比好，就这样。

杨澜　　平时习惯于举重了，现在这块金牌是不是也沉甸甸的？

龙清泉　对。

杨澜　　别人都说你是黑马，你觉得自己是吗？

龙清泉　一般吧。

杨澜　　很多运动员上场之前，会摸一摸幸运物什么的，你有没有这种习惯？

龙清泉　我上台以后，眼睫毛老是得眨两下，这样舒服一点，让眼睛不受刺激。

杨澜　　比赛之后，最早什么时候跟父母通上电话的？

龙清泉　第二天才通上电话，我的比赛比较晚，之后还有一个兴奋剂检测。我的电话放在我的包里，我去做兴奋剂检测的时候教练拿着我的包先回去了。

杨澜 所以你没有通讯工具了。

龙清泉 什么都没有，找不到教练，没有拿到电话。

杨澜 是不是特别着急想告诉父母，想跟他们通话？

龙清泉 我知道他们一定早知道我成功了。

杨澜 第二天跟父母真正通上电话，爸爸妈妈第一句话说什么？

龙清泉 爸爸祝贺我拿到冠军。当时我也祝贺他，因为第二天是我爸爸的生日。

杨澜 这么好的一个生日礼物，他们一定非常为你感到骄傲。这次当了奥运冠军，肯定会有很多褒奖，包括奖金等等，你打算怎样来分配这些奖励？

龙清泉 现在还没有想呢，最起码我会分一半给家人。

杨澜 给爸爸妈妈，是吧？爸爸妈妈现在还在安徽打工吗？

龙清泉 现在回家了，回家看我比赛。

杨澜 如果不是奥运会的话，他们还会在安徽打工。

龙清泉 对。

龙清泉出生在湖南湘西的一个普通家庭，而并不丰厚的收入一直是困扰父母的一个严重问题，小时候的龙清泉显然还没有留意到大人们的烦恼。

杨澜 你什么时候开始感觉到家里生活的不容易？

龙清泉 去年。

杨澜 什么事情？

龙清泉 那时候我刚比完冠军赛，有了成绩，拿了一点奖金，但还没有发下来，所以我也没有办法帮助他们，我感觉他们在外地打工很累。

杨澜　爸爸妈妈在外面打工做什么工作？

龙清泉　不了解。

杨澜　不想说吗？

龙清泉　我也不想去问，我问的话会感到内疚，对他们也有影响。

杨澜　家里现在住什么样的房子？

龙清泉　现在已经搬到县城里面去了，他们就是因为修了那房子才出去打工的。

杨澜　要把房子钱挣回来。

龙清泉　对。

杨澜　是借债盖的房子吗？

龙清泉　对。

杨澜　你在队里的时候，听说爸爸妈妈出去打工把房子钱挣回来，心里怎么想？

龙清泉　我当时感觉很不好，他们出去挺累的，再加上还要受气，所以我叫他们不要去，但是拦不住他们。

杨澜　你父亲过去在家乡是做肉铺生意的，你从小就在肉铺里长大，听说你能把车轮子像哑铃一样举起来，那是几岁时的事情？

龙清泉　大概也就是七八岁的时候。

杨澜　你是特别调皮的孩子吗？

龙清泉　也不是特别调皮，小时候可能会每天出去跟别人一起玩。

杨澜　有没有挨爸爸揍？

龙清泉　有。

杨澜　做什么样的事情会挨爸爸揍？

龙清泉　在外面洗澡。那时候，我们小孩子跑到外面的小河里去洗澡，每个夏天河里都会淹死小孩，所以他特别着急，我回来就是一顿打。

杨澜　用什么打？

龙清泉	跪在地上抽耳光。我小时候挺怕他的，他打人好重。
杨澜	儿子小时候都怕爸爸。什么时候觉得他也是个慈父？
龙清泉	在我练举重两年以后。好久没见，我挺想他们的，如果他们在多好，特别想跟他们在一起。
杨澜	怎么个好法？
龙清泉	挺温馨的。有他们在我各方面都不用自己去操心。
杨澜	你一直是一个很听话的队员吗？你什么时候会调皮捣蛋？
龙清泉	小的时候。到了长沙以后，老师怎么安排我就怎么做。
杨澜	小的时候有点调皮。
龙清泉	在我们州体校的时候会调皮。
杨澜	你会干什么坏事？
龙清泉	那时候还小，必须得上课，但我们可能在体校待了一年两年，比较熟了，就开始不上课了，去上网，打电游。
杨澜	被教练抓到怎么办？
龙清泉	被打。
杨澜	所以你是一路被打大的。
龙清泉	到了长沙之后没有再被打。
杨澜	从州体校到了省队，这对你是一个很大的改变，是不是那个时候开始把举重当成最重要的事情来看待？
龙清泉	对，我们到了专业队，举重变成了职业。我们到了长沙以后，算工作人员了，有工资拿。
杨澜	很有成就感，那时候拿多少工资？
龙清泉	刚开始拿 200 块钱。
杨澜	拿 200 块钱，一个月够花吗？
龙清泉	200 块已经够了，因为我们住在山上，一般很少出去，就算出去了，谁也不敢在外面大吃大喝。

杨澜	到省队的时候，听说当时父母还曾经为费用的问题担心过一阵子。
龙清泉	对。
杨澜	一个月200块钱，会拿出一部分寄回家吗？
龙清泉	那时候还想不到，毕竟刚到长沙，也想不到为家里怎么怎么样，现在回想起来挺内疚的。
杨澜	你9岁离开家，跟父母的感情深吗？
龙清泉	小时候天天被他们打，那时候挺想离开他们，到外面去读书。
杨澜	自由自在。
龙清泉	没人管。
杨澜	什么时候想他们？
龙清泉	其实在体校练了不到一个月就想他们。
杨澜	最想家里什么？
龙清泉	爸爸妈妈。
杨澜	吃红烧肉。
龙清泉	小炒肉。
杨澜	妈妈做的小炒肉好吃吗？
龙清泉	好吃。
杨澜	想家的时候，能够随便给家里打电话吗？
龙清泉	那时候没有什么电话，每个月也没有什么钱，所以一般不打电话。
杨澜	那想爸爸妈妈怎么办？
龙清泉	一个人躲在房间里哭。
杨澜	真的？那被别人看见不会觉得很丢脸吗，男孩子在哭？
龙清泉	我们那时候很小，大家都有过这样的事情。
杨澜	每个人都哭过，谁也不要笑话谁，对不对？
龙清泉	新队员刚来的时候都哭过。
杨澜	那你会对他们说什么？

龙清泉	我说我们也是这样过来的，你不要太伤心了。
杨澜	你那个时候的愿望是什么？长大了要做什么呢？
龙清泉	其实那时候还没有什么愿望，没有接触过什么东西，年纪还小，书也读得不多。练了体育以后，我就想如果能拿个奥运会冠军就好了，现在梦想成真。
杨澜	你什么时候想当奥运会冠军了？上州体校时就有这个梦想了吗？
龙清泉	有，但没有说出来。后来稍微懂一点事了，也不敢去想太多，毕竟不能说大话，你只能一步一步地把自己做好。
杨澜	我听说过你在州体校的时候训练情况相当艰苦，描述一下吧。
龙清泉	我小时候没有杠铃，拿竹竿在那里练。
杨澜	竹竿很轻啊。
龙清泉	对呀，当时杠铃不多，只有两三副，我们小队员就拿着竹竿在那里练动作。
杨澜	这个重量感相差太多了。
龙清泉	那时候拿着竹竿，其他队的队员就对我们说，你们是丐帮的吧。
杨澜	丐帮的，打狗棍。
龙清泉	对。
杨澜	会不会趁大队员休息的时候，偷偷地去练一练他们的杠铃？
龙清泉	我们确实想过。不准我们去，因为里面的杠铃你不会举的话，可能会砸伤自己，我们自己也知道，我们肯定举不起来，砸到了被骂还要被打，所以我们不敢进去。
杨澜	举重是很枯燥的事情，作为男孩子喜欢打闹，举重每天这样练，你不觉得很枯燥吗？
龙清泉	时间长了，我的确觉得很枯燥。
杨澜	你有没有试图反抗过？
龙清泉	时间长了，感觉生活过得比较快。感觉每天就是吃，吃了以后就睡，睡

了就训练，感觉每天就这样过，好快。

杨澜 好像觉得天经地义的事情。

龙清泉 对。

自从 1996 年中国获得奥运会最小级别的男子举重冠军后，来自土耳其的举重神童穆特鲁统治了这一项目长达 12 年，而在龙清泉心目中这也是他最大的对手。虽然最终穆特鲁因伤未能参加本届奥运会，但是龙清泉在赛场上的表现却被国际举联主席阿让先生称赞为："一个新时代的开始！"

杨澜 这一次土耳其的穆特鲁因为伤病没有来参加比赛，你是觉得遗憾呢，还是觉得有些庆幸？

龙清泉 我感觉挺遗憾的。

杨澜 遗憾什么？

龙清泉 因为他是这个级别的顶尖选手，纪录都是他创造的。没有碰到他，我的确有一点遗憾，因为我想超越他，开创我自己的一个时代。

杨澜 想赢他。

龙清泉 对。

杨澜 你在 QQ 上的一个签名是"举出世界，举出未来"……

龙清泉 你们怎么知道？

杨澜 对呀，我怎么知道？我钻到你的肚子里去了。"举出世界，举出未来"，这是你的豪言壮语。我觉得这个未来不仅仅是中国举重的未来，也是你自己的未来和家庭的未来。你心里是怎么盘算的？

龙清泉 我在国家队的时候，没有想到能参加奥运会，在长沙更加不会这样想了。到了国家队以后，我有机会去争取这个名额，但也不能确定会是我，因为还有一个队员，是广西的，他是老将，跟我的成绩一样，只是体重比我重。

杨澜　你是说李争吗？

龙清泉　对。他资格老一点，而我是一个新队员，如果我上去就把他的位置抢了，这个不可能，毕竟他是老队员，经验也多，所以我们之间有一个争夺战。

杨澜　什么时候知道结果的？

龙清泉　让我去的时候，我感觉真不容易。每天我们两个对着训练，拼劲都特别强。

杨澜　你是那种遇到越强的对手，好胜心就越强的运动员吗？

龙清泉　差不多。

杨澜　从小到大，在训练当中，有没有遇到过别人怀疑你的能力？

龙清泉　我感觉还没有遇到过。

杨澜　你一直都是成绩最好的吗？

龙清泉　在这个级别上比的话，我可能是最好的。我们刚开始练的时候，不是比级别，就是比谁举得多，谁有劲。

杨澜　看绝对重量谁举得多。

龙清泉　那时候还不知道级别与级别之间……

杨澜　那时候会很争强好胜吗？

龙清泉　会，但是每次我都举不过他们，因为他们比我大。

杨澜　所以很沮丧，是不是？你4月份进的国家队，短短几个月内，你觉得自己有什么样的突破？

龙清泉　到了国家队以后，其实重量只上了几次，但打好了特别硬的基础，这是我备战奥运最后的基石，抓成功率，还有第一次试举的力量。我跟李争之间的比较，可能就是我体重轻一点，占优势，因为不需要降体重的话，对体力是没有影响的。而他们要降体重，这对抓举影响不大，但是对挺举有很大的影响。

杨澜 那你平时是不是也得节制自己的食欲？

龙清泉 没有，我不用，我还得吃，我比赛还可以吃。

杨澜 真的？你很小时就爱吃肉，是吗？

龙清泉 对。

杨澜 现在也是，但是你吃了不会胖，就长劲。

龙清泉 我吃了不长体重，还是跟以前一样。

杨澜 这多好，你的基因真是太棒了。这是第一次因为你的表现让国旗升起了，那一刻很让人感动，形容一下你站在领奖台上的心情。

龙清泉 当时我特别激动，眼泪已经在眼眶了，但没有流出来。

杨澜 那时想到了什么？是不是想到了过去？

龙清泉 我特别激动，为祖国争光了。

杨澜 你今年才18岁，就已经获得了奥运冠军，很多人都说你前途无量，你对自己的未来是怎么看的？

龙清泉 挺有信心，我应该可以再比两届。

杨澜 你的目标是什么？

龙清泉 下一届超穆特鲁。

这几天有不少喜欢龙清泉的朋友，把他的照片和功夫熊猫放在一起，说他们都是出身草根，浑然天成，被委以重任又不负重望。18岁的龙清泉还没有太多的波澜壮阔的人生故事，因为他的故事才刚刚开始。